CME
3rd Edition

Workbook 練習冊
繁體版

2

CHINESE
Made Easy
輕鬆學漢語

Yamin Ma

Xinying Li

Joint Publishing (H.K.) Co., Ltd.
三聯書店（香港）有限公司

Chinese Made Easy *(**Workbook 2**)* *(Traditional Character Version)*

Yamin Ma, Xinying Li

Editor	Zhao Jiang, Shang Xiaomeng
Art design	Arthur Y. Wang, Yamin Ma
Cover design	Arthur Y. Wang, Zhong Wenjun
Graphic design	Arthur Y. Wang, Zhong Wenjun
Typeset	Zhou Min

Published by

JOINT PUBLISHING (H.K.) CO., LTD.

20/F., North Point Industrial Building,

499 King's Road, North Point, Hong Kong

Distributed by

SUP PUBLISHING LOGISTICS (H.K.) LTD.

16/F., 220-248 Texaco Road, Tsuen Wan, N.T., Hong Kong

First published November 2001

Second edition, first impression, August 2006

Third edition, first impression, July 2015

Third edition, fifth impression, November 2023

E-mail: publish@jointpublishing.com

輕鬆學漢語 *(練習冊二)* *(繁體版)*

編　　著	馬亞敏　李欣穎	
責任編輯	趙　江　尚小萌	
美術策劃	王　宇　馬亞敏	
封面設計	王　宇　鍾文君	
版式設計	王　宇　鍾文君	
排　　版	周　敏	
出　　版	三聯書店（香港）有限公司	
	香港北角英皇道 499 號北角工業大廈 20 樓	
發　　行	香港聯合書刊物流有限公司	
	香港新界荃灣德士古道 220–248 號 16 樓	
印　　刷	寶華數碼印刷有限公司	
	香港柴灣吉勝街 45 號 4 樓 A 室	
版　　次	2001 年 11 月香港第一版第一次印刷	
	2006 年 8 月香港第二版第一次印刷	
	2015 年 7 月香港第三版第一次印刷	
	2023 年 11 月香港第三版第五次印刷	
規　　格	大 16 開（210 × 280mm）208 面	
國際書號	ISBN 978-962-04-3706-9	

目錄

第一單元

第一課　我們搬家了 1

第二課　我的房間 14

第三課　我的一日三餐 28

複習 42

測驗 44

第二單元

第四課　我秋天去北京 48

第五課　我生病了 62

第六課　我的寵物 76

複習 90

測驗 92

第三單元

第七課　我家附近有商場 96

第八課　我的新朋友 110

第九課　我給朋友打電話 124

複習 138

測驗 140

第四單元

第十課　我的新學校 144

第十一課 我喜歡學漢語 158

第十二課 我的愛好 172

複習 186

測驗 188

詞彙表 192

第一課　我們搬家了

課文 1

1 填空

①

	上午			晚上

②

	今天	

③

		下個週末
	這個星期	
上個月		

2 連詞成句

1) 搬家 / 小明家 / 了 / 上個週末 / 。→ _____

2) 明天 / 北京 / 會 / 去 / 出差 / 他 / 。→ _____

3) 他的 / 參加了 / 生日會 / 我 / 昨天 / 。→ _____

4) 上個週末 / 去了 / 朋友的家 / 我 / 。→ _____

5) 美國 / 下個月 / 去 / 哥哥 / 上大學 / 會 / 。

　　→ _____

6) 開始 / 妹妹 / 學 / 下個星期 / 畫畫兒 / 會 / 。

　　→ _____

| ① | 我們搬進了一幢樓房。 | ④ | 奶奶走進了廚房。 |

| ② | 媽媽說："你坐下。" | ⑤ | 他不在家，他出去了。 |

| ③ | 她上個月搬出了外婆家。 | ⑥ | 弟弟跑回了他的房間。 |

4 找出詞語並寫出意思

浴	下	午	客	廳
卧	室	晚	餐	人
上	個	週	末	廚
班	學	開	樓	房
現	在	始	書	間

1) _____   7) _____

2) _____   8) _____

3) _____   9) _____

4) _____   10) _____

5) _____   11) _____

6) _____   12) _____

5 翻譯

① When are you going to move?	④ How many bedrooms are there in your new home?
② How many floors does that building have?	⑤ Is your room big?
③ On which floor is your new home?	⑥ How do you go to school every day?

6 閱讀理解

我們家上個星期六搬家了。我們搬到了廣州，搬進了一幢新樓房。

這幢樓房一共有十八層，我們的新家在十六層。我們的新家很大，有三間臥室、兩間浴室、一個廚房、一個餐廳、一個客廳，還有一個書房。

我的房間不太大。我每天都在我的房間裏做作業、看書。我還喜歡在房間裏一邊聽音樂，一邊上網。我很喜歡我的房間。

回答問題：

1) 他們什麼時候搬進了新家？

2) 他們現在住在哪兒？

3) 他們的新家在幾樓？

4) 他們的新家有幾間臥室？

5) 他們的新家有書房嗎？

6) 他的房間大不大？

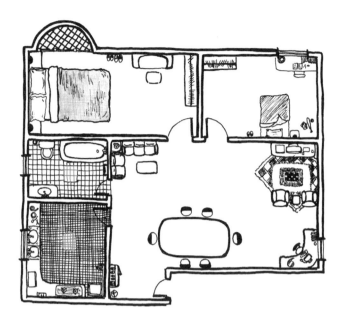

這是我們的新家。

中國概況

中國的全稱是"中華人民共和國"。中國的英文名稱是 the People's Republic of China (PRC)。中華人民共和國一九四九年十月一日成立。中國的首都是北京。中國的國旗是五星紅旗。中國的官方語言是漢語普通話。

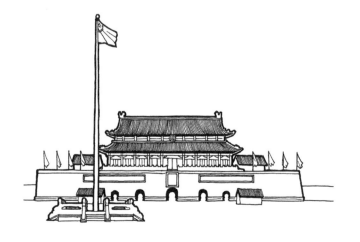

生詞

gài kuàng
❶ 概況 basic facts

quánchēng
❷ 全稱 full name

zhōng huá
❸ 中華 China

rén mín
❹ 人民 the people

gòng hé guó
❺ 共和國 republic

zhōng huá rén mín gòng hé guó
中華人民共和國
the People's Republic of China

míngchēng
❻ 名稱 name

chéng lì
❼ 成立 found; establish

shǒu dū
❽ 首都 capital

guó qí
❾ 國旗 national flag

hóng qí
❿ 紅旗 red flag

guān fāng
⓫ 官方 official

pǔ tōng huà
⓬ 普通話 putonghua, a common speech (of the Chinese Language)

A 填空

1) 中國的全稱是 _____。

2) 中華人民共和國 _____ 成立。

3) 中國的首都是 _____。

4) 中國的官方語言是 _____。

B 寫意思

1) 全 { 全家 / 全校 }
whole

2) 華 { 華人 / 華文 }
China

3) 民 { 國民 / 全民 }
the people

4) 稱 { 名稱 / 全稱 }
name

C 翻譯

1) the People's Republic of China

_____

2) the Five-Star Red Flag

_____

3) the capital of China

_____

4) the official language

_____

D 填空

①  _____ 國旗

顏色：_____

②  _____ 國旗

顏色：_____

③  _____ 國旗

顏色：_____

④  _____ 國旗

顏色：_____

9 看圖寫詞

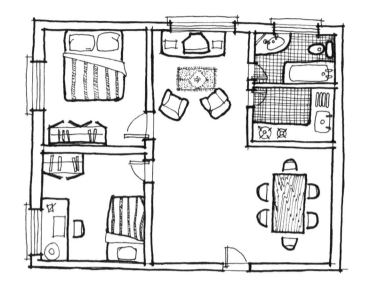

A 房間

1) _____   2) _____

3) _____   4) _____

5) _____

B 家具 ^{jiā jù}

1) _____   2) _____

3) _____

10 用所給詞語填空

A Complement of result

到　見　會　長

1) 他回 ___ 了上海。

2) 我看 ___ 弟弟了。

3) 我學 ___ 滑冰了。

4) 她的頭髮長 ___ 了。

5) 你看 ___ 我的毛衣了嗎？

6) 昨天晚上他工作 ___ 十點。

B Complement of direction

上　下　進　出

1) 他跑 ___ 樓了。

2) 她走 ___ 廚房了。

3) 我們搬 ___ 了新家。

4) 請坐 ___ ！

5) 妹妹跑 ___ 了洗手間。

6) 弟弟跳 ___ 了沙發。

11 看圖完成句子

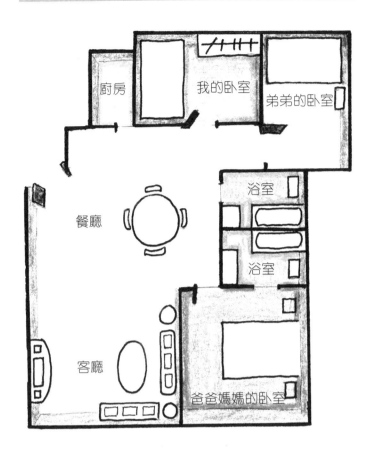

廚房

我的卧室

弟弟的卧室

浴室

餐廳

浴室

客廳

爸爸媽媽的卧室

A

1) 我的新家有 ＿＿＿＿＿＿＿＿＿

2) 我的卧室裏有 ＿＿＿＿＿＿＿

3) 客廳裏有 ＿＿＿＿＿＿＿＿＿

4) 餐廳裏有 ＿＿＿＿＿＿＿＿＿

B

1) 廚房在 ＿＿＿＿＿＿＿＿＿＿

2) 弟弟的卧室在 ＿＿＿＿＿＿＿

3) 餐桌和椅子在 ＿＿＿＿＿＿＿

4) 沙發在 ＿＿＿＿＿＿＿＿＿＿

12 連詞成句

1) 現在 / 我 / 每天 / 回家 / 走路 / 都 / 。→ ＿＿＿＿＿＿＿＿

2) 搬家 / 我們家 / 了 / 上個週末 / 。→ ＿＿＿＿＿＿＿＿

3) 車庫 / 房子外面 / 和 / 游泳池 / 有 / 。→ ＿＿＿＿＿＿＿＿

4) 餐桌 / 餐廳 / 和 / 有 / 椅子 / 裏 / 。→ ＿＿＿＿＿＿＿＿

5) 客房 / 在 / 三樓 / 和 / 書房 / 。→ ＿＿＿＿＿＿＿＿

6) 一個書房 / 和 / 一間浴室 / 我們的新家 / 有 / 。

→ ＿＿＿＿＿＿＿＿＿＿＿＿＿＿＿＿

13 根據實際情況回答問題

1) 你們家上個月搬家了，對嗎？

2) 你們家現在住樓房嗎？住幾層？

3) 你們家有幾間臥室？

4) 你們家有幾間浴室？

5) 你們家有書房嗎？

6) 你們家的客廳大嗎？

7) 你的房間大不大？

8) 你們家的電話號碼是多少？

14 翻譯

① Last week we moved into a Western-style house.

② There is a small garden in front of the house and a big one at the back.

③ The house has three floors and my room is on the 2nd floor.

④ Our new home is on the 18th floor.

⑤ There are a study room and a guest room on the 3rd floor.

⑥ There is a swimming pool on the right side of the house and a garage on the left.

⑦ There is a toilet on the 1st floor.

⑧ There are altogether six rooms in this Western-style house.

15 看圖回答問題

1) 他家有幾間臥室？

2) 他爸爸媽媽的房間在哪兒？

3) 他家有書房嗎？書房在哪兒？

4) 他家有幾間浴室？

5) 小明的房間在哪兒？

6) 廚房在哪兒？

7) 餐廳裏有什麼？

8) 客廳裏有什麼？

16 組詞

1) 臥 ___   2) 餐 ___   3) 房 ___   4) 書 ___   5) 客 ___

6) 浴 ___   7) 樓 ___   8) 花 ___   9) 洋 ___   10) 車 ___

17 寫出偏旁部首的意思

① 忄 ⬜   ② 灬 ⬜   ③ 刂 ⬜   ④ 王 ⬜

⑤ 夕 ⬜   ⑥ 白 ⬜   ⑦ 衤 ⬜   ⑧ 言 ⬜

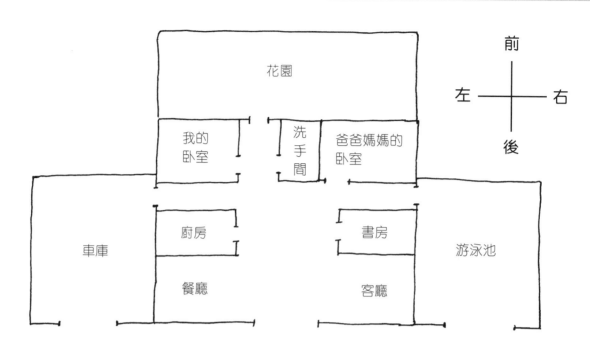

□ 1) 我家有兩間臥室。

□ 2) 洗手間在我的臥室左邊。

□ 3) 我家有兩個花園：一個大花園和一個小花園。

□ 4) 客廳在餐廳右邊。

□ 5) 廚房在書房前面。

□ 6) 我家有車庫和花園，但是沒有游泳池。

19 完成對話

1) A: 對不起！

B: _____

2) A: 謝謝你！

B: _____

3) A: 請坐！

B: _____

4) A: 請問，你媽媽在家嗎？

B: _____

5) A: 你家住在哪兒？

B: _____

6) A: 你什麼時候來我的新家？

B: _____

20 找出詞語並寫出意思

裏	前	後	左	右
外	面	開	車	邊
洋	房	始	庫	頭
洗	手	間	沙	發
昨	天	游	泳	池

1) _____

2) _____

3) _____

4) _____

5) _____

6) _____

7) _____

8) _____

9) _____

10) _____

11) _____

12) _____

21 閱讀理解

我們家住洋房。我們的洋房一共有兩層。一樓有客廳、餐廳、廚房和洗手間。二樓有三間卧室：我爸爸媽媽的卧室、我的卧室和客房。二樓還有兩間浴室。

我們家房子的後面有一個大花園。我經常在花園裏踢足球。房子的右邊有一個車庫。車庫很大，爸爸的車和媽媽的車都停在車庫裏。

我喜歡我們家的房子。我很喜歡住在這裏。

回答問題：

1) 他家的房子有幾層？

2) 一樓有洗手間嗎？

3) 二樓有幾間卧室？

4) 他家有書房嗎？

5) 花園在哪兒？

6) 他常在花園裏做什麼？

7) 車庫在哪兒？

22 寫短文

Write about your home. You should include:

- when did you move
- what type of housing you are living in now
- the number of bedrooms and other rooms you have
- whether you have a garage or a garden

23 閱讀理解

北京

北京是中國的首都，是中國的政治中心和文化中心。北京是一座古都，有三千多年的歷史，曾經是金、元、明、清四個朝代的首都。北京有很多名勝古跡，有天安門、故宮、長城、頤和園等等。北京也是一座現代國際都市。

生詞

1 政治 zhèng zhì politics   **2** 中心 zhōng xīn centre

3 文化 wén huà culture

4 座 zuò a measure word (used for large and solid things)

5 古都 gǔ dū ancient capital   **6** 多 duō more

7 歷史 lì shǐ history   **8** 曾經 céng jīng once

9 金（朝）jīn cháo Jin Dynasty (1115-1234)

10 元（朝）yuán cháo Yuan Dynasty (1206-1368)

11 明（朝）míng cháo Ming Dynasty (1368-1644)

12 清（朝）qīng cháo Qing Dynasty (1616-1911)

13 朝代 cháo dài dynasty

14 名勝古跡 míng shèng gǔ jì scenic spots and historical sites

15 天安門 tiān ān mén Tian An Men

16 故宮 gù gōng the Forbidden City   **17** 長城 cháng chéng the Great Wall

18 頤和園 yí hé yuán Summer Palace   **19** 現代 xiàn dài modern

20 國際 guó jì international   **21** 都市 dū shì metropolis

A 填空

1) 北京是中國的 _____。

2) 北京是中國的 _____ 中心和 _____ 中心。

3) 北京有很多名勝古跡，有 _____、_____、_____、
_____ 等等。

4) 北京是一座古都，也是一座 _____。

B 寫意思

C 模仿例子英譯漢

1) 例子：北京有三千多年的歷史。
   Xi'an（西安）has over 6,000 years of history.

2) 例子：北京曾經是金、元、明、清四個朝代的首都。
   Xi'an used to be the capital of 13 dynasties.

D 上網找答案

1) 美國的首都：_____

2) 法國的首都：_____

3) 英國的首都：_____

4) 德國的首都：_____

5) 俄羅斯的首都：_____

6) 西班牙的首都：_____

課文 1

1 看圖寫詞並完成句子

A 寫詞語

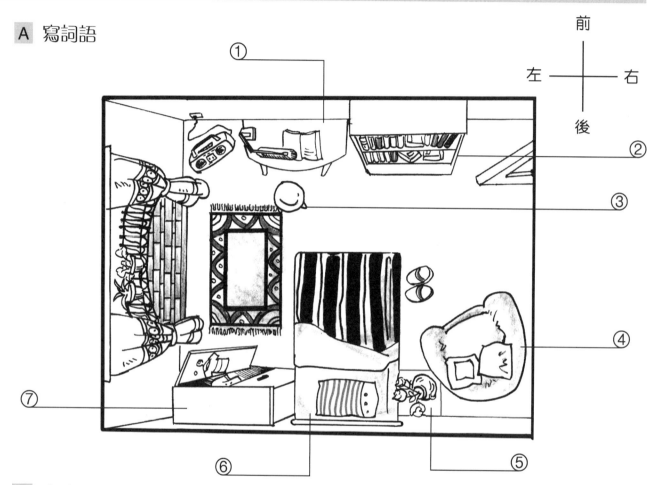

B 完成句子

1) 衣櫃裏有 ＿＿＿＿＿＿＿＿

2) 書桌上有 ＿＿＿＿＿＿＿＿

3) 書架上有 ＿＿＿＿＿＿＿＿

4) 衣櫃在 ＿＿＿＿＿＿＿＿

5) 沙發在 ＿＿＿＿＿＿＿＿

6) 書桌在 ＿＿＿＿＿＿＿＿＿＿

7) 牀的左邊是 ＿＿＿＿＿＿＿＿＿＿

8) 牀頭櫃的右邊是 ＿＿＿＿＿＿＿＿

9) 書架的左邊是 ＿＿＿＿＿＿＿＿＿＿

10) 牀的對面是 ＿＿＿＿＿＿＿＿＿＿

2 組詞並寫出意思

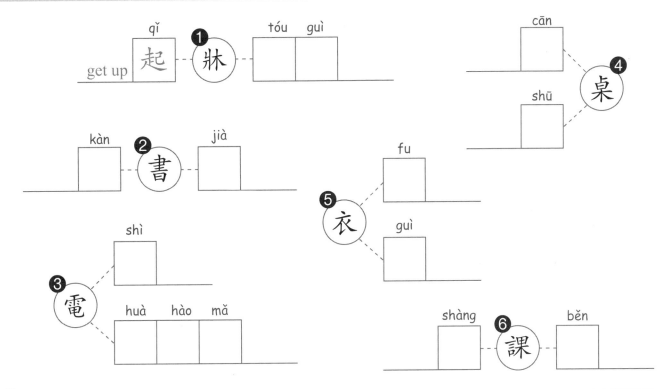

3 看圖寫句子

① 　相框在書桌上面。

②

③

④

⑤

⑥

⑦

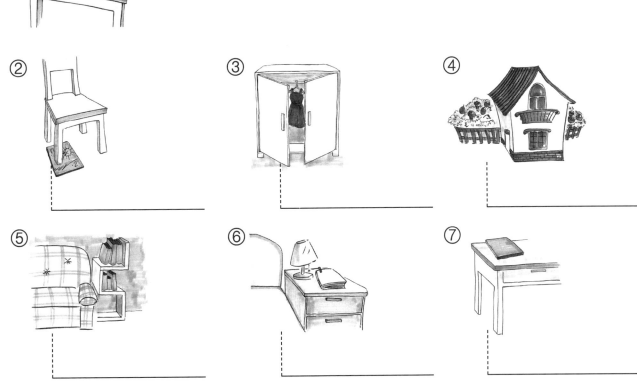

4 連詞成句

1) 了 / 你們家 / 聽説 / 搬家 / 。→ _____

2) 太 / 不 / 開心 / 他 / 今天 / 。→ _____

3) 搬進 / 了 / 上個星期 / 我們 / 新家 / 。→ _____

4) 牀 / 是 / 左邊 / 牀頭櫃 / 的 / 一個 / 。→ _____

5) 房間 / 我的 / 挺 / 的 / 大 / 。→ _____

6) 在 / 書桌 / 旁邊 / 的 / 書架 / 。→ _____

5 翻譯

① There is a desk and a chair on the left side of the bed.

⑤ I do homework in my room every day.

② My room is quite big.

⑥ I have my own room now.

③ There are textbooks and photo frames on the bookshelf.

⑦ My computer is on my desk.

④ There is a bookshelf opposite the wardrobe.

⑧ I heard that you moved into a Western-style house yesterday.

6 根據實際情況回答問題

1) 你們家今年會搬家嗎？

2) 你們家現在住什麼樣的房子？

3) 你們家的客廳大嗎？

4) 你們家有幾間臥室？

5) 你有自己的房間嗎？

6) 你的房間裏有什麼？

7) 你一般在哪兒做作業？

8) 你家有車嗎？誰會開車？

7 閱讀理解

我的好朋友周運上個星期搬家了。他們搬進了一幢樓房。昨天他請我去了他的新家。

周運的新家在十二樓。他家有三室兩廳：他爸爸媽媽的臥室、他的臥室、書房、餐廳和客廳。他家有兩間浴室，還有一個大廚房。

周運的臥室不大也不小，裏面有牀、衣櫃、書架、書桌和椅子。他每天都在自己的房間裏看書、上網、聽音樂。他很喜歡他的房間。

回答問題：

1) 周運家搬到了哪兒？

2) 他的新家在幾層？

3) 他的新家有幾間臥室？

4) 他的房間大不大？

5) 他的房間裏有書架嗎？

6) 他經常在自己的房間裏做什麼？

8 寫短文

Write about your room. You should include:

- the type of housing you live in
- the location and size of your room
- what is in your room
- things you like to do in your room

9 閱讀理解

中國地理

中國很大，是世界上第三大國。中國的面積是九百六十萬平方公里。中國有二十三個省、五個自治區、四個直轄市和兩個特別行政區。中國有十四個鄰國，有俄羅斯、蒙古、朝鮮、越南、印度、尼泊爾等等。

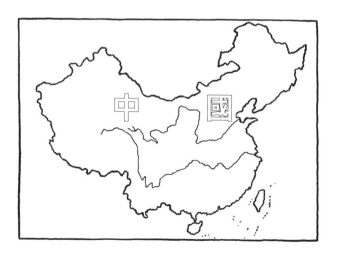

生詞

dì lǐ ❶ 地理 geography	shì jiè ❷ 世界 world
miàn jī ❸ 面積 area	píng fāng ❹ 平方 square
gōng lǐ ❺ 公里 kilometre	shèng ❻ 省 province

zì zhì qū
❼ 自治區 autonomous region

zhí xiá shì
❽ 直轄市
municipality directly under the Central Government

tè bié
❾ 特別 special

xíngzhèng qū
❿ 行政區 administrative region

lín guó
⓫ 鄰國 neighbouring country

měng gǔ
⓬ 蒙古 Mongolia

cháo xiǎn
⓭ 朝鮮 D.P.R. Korea

yuè nán
⓮ 越南 Vietnam

yìn dù
⓯ 印度 India

ní bó ěr
⓰ 尼泊爾 Nepal

A 填空

1) 中國是世界上 _____ 大國。

2) 中國的面積是 _____ 平方公里。

3) 中國有 _____ 個省。   4) 中國有 _____ 個鄰國。

B 寫意思

1) 世 { 世界 / 去世 }
world

2) 地 { 地理 / 地球 }
earth

3) 國 { 鄰國 / 國家 }
country

C 填字母

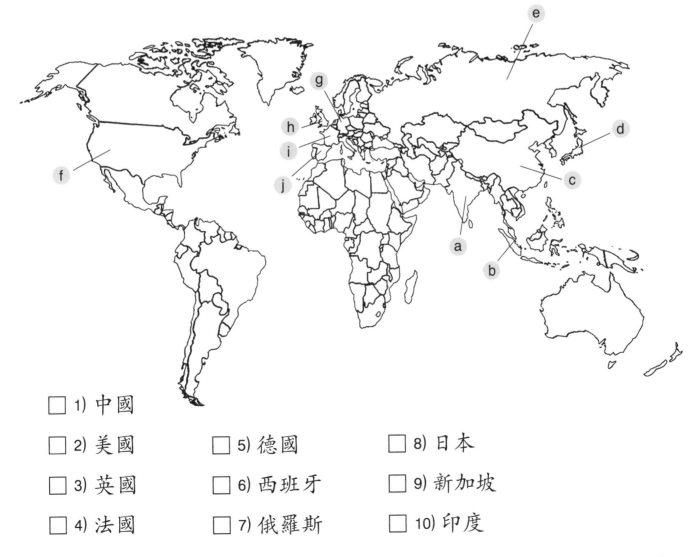

☐ 1) 中國

☐ 2) 美國   ☐ 5) 德國   ☐ 8) 日本

☐ 3) 英國   ☐ 6) 西班牙   ☐ 9) 新加坡

☐ 4) 法國   ☐ 7) 俄羅斯   ☐ 10) 印度

10 找出詞語並寫出意思

雜	餐	書	架	高
誌	椅	桌	衣	興
子	牀	頭	櫃	服
洋	上	下	左	右
樓	房	面	旁	邊

1) _____   7) _____

2) _____   8) _____

3) _____   9) _____

4) _____   10) _____

5) _____   11) _____

6) _____   12) _____

11 看圖寫句子

①

襪子在帽子裏。

②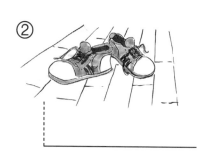

③

④

⑤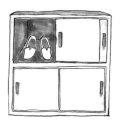

⑥

⑦

12 用所給詞語填空

個　所　家　雙　條　套　頂　件　副

1) 一 ＿＿＿ 學校

2) 五 ＿＿＿ 飯店

3) 兩 ＿＿＿ 牛仔褲

4) 一 ＿＿＿ 書櫃

5) 一 ＿＿＿ 帽子

6) 一 ＿＿＿ 運動服

7) 十 ＿＿＿ 襪子

8) 一 ＿＿＿ 圍巾

9) 三 ＿＿＿ 連衣裙

10) 一 ＿＿＿ 皮鞋

11) 一 ＿＿＿ 書包

12) 一 ＿＿＿ T恤衫

13) 一 ＿＿＿ 毛衣

14) 四 ＿＿＿ 手套

15) 五 ＿＿＿ 運動鞋

13 翻譯

① 上個月我們家搬進了一幢洋房。

② We moved to Shanghai last week.

③ 鞋櫃裏有十雙運動鞋。

④ There are six hats in the wardrobe.

⑤ 花園的左邊是一個游泳池。

⑥ The garage is on the right side of the house.

⑦ 這件毛衣太小了！

⑧ This pair of gloves is too big!

14 用所給詞語填空

長　大　亂　高　短　高興　忙　開心

1) 他的房間太 ＿＿＿ 了！

2) 有了自己的房間，我太 ＿＿＿ 了！

3) 她的頭髮很 ＿＿＿。

4) 爸爸上個星期挺 ＿＿＿ 的。他每天都很晚回家。

5) 那個書架太 ＿＿＿ 了！

6) 他今天很 ＿＿＿。

7) 這條褲子太 ＿＿＿ 了！

8) 他家的房子挺 ＿＿＿ 的，有六間卧室。

15 根據實際情況回答問題

1) 你的房間亂不亂？

2) 你的書桌上有什麼？

3) 你的衣櫃裏有什麼？

4) 你的鞋櫃裏有幾雙鞋？

5) 你一共有幾頂帽子？

6) 你的房間裏有電視嗎？

7) 你有自己的電腦嗎？

8) 你喜歡一邊看書一邊聽音樂嗎？

16 寫反義詞

1) 外→ ＿＿＿　　2) 小→ ＿＿＿　　3) 進→ ＿＿＿　　4) 下面→ ＿＿＿

5) 瘦→ ＿＿＿　　6) 短→ ＿＿＿　　7) 白→ ＿＿＿　　8) 後面→ ＿＿＿

9) 晚→ ＿＿＿　　10) 送→ ＿＿＿　　11) 上→ ＿＿＿　　12) 右邊→ ＿＿＿

17 圈出不同類的詞

1) 皮鞋　襪子　衣櫃　運動鞋

2) 圍巾　電腦　手套　帽子

3) 對面　書包　書櫃　書桌

4) 書架　衣櫃　房間　牀頭櫃

5) 房子　洋房　樓房　廚房

6) 沙發　卧室　客廳　客房

7) 對面　外面　前面　相框

8) 小説　課本　自己　雜誌

18 組詞

①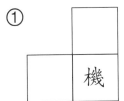

②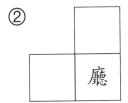

③

④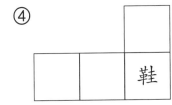

⑤

⑥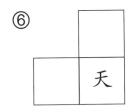

⑦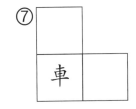

⑧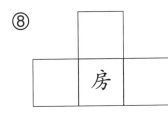

19 造句

1) 房間　太……了：

_____

2) 聽説　搬家：

_____

3) 房子　一共：

_____

4) 現在　自己：

_____

5) 洋房　挺：

_____

6) 書架　雜誌：

_____

20 完成對話

A: 你們家搬家了，對嗎？

B: 對，我們家上個星期搬家
了。我們搬進了一幢洋房。
你來我家看看，好嗎？

A: 好。你家現在住在哪兒？

B: _____

A: 我什麼時候去你家？

B: _____

A: 我怎麼去你家？

B: _____

A: 好。我們一會兒見！

B: _____

21 閱讀理解

媽媽經常說哥哥的房間太亂了。

他的房間挺大的，但是有很多
東西。地上有運動鞋、皮鞋、書包、
足球等等。牀上也有很多東西。他
的 T 恤衫、運動服、襯衫和帽子都在
牀上。他的書和雜誌在牀頭櫃上。
他的電腦、手機和耳機在書桌上。
他的短褲和牛仔褲在椅子上。

從星期一到星期五，哥哥每天
都做很多課外活動，沒有時間收拾
房間。但是，他週末也不收拾房間。
媽媽很不高興。

回答問題：

1) 哥哥的房間大不大？

2) 在他的房間裏，地上有
什麼？

3) 他的帽子在哪兒？

4) 他的書桌上有什麼？

5) 為什麼從星期一到星期
五他不收拾房間？

6) 為什麼媽媽很不高興？

22 看圖寫短文

廚房　卧室　浴室　書房　卧室

餐廳　客廳　電視櫃　客房　浴室

這是我的新家。

_____

_____

_____

_____

23 寫意思

① 也：＿＿＿＿＿
　 池：＿＿＿＿＿

② 園：＿＿＿＿＿
　 圓：＿＿＿＿＿

③ 房：＿＿＿＿＿
　 放：＿＿＿＿＿

④ 庫：＿＿＿＿＿
　 褲：＿＿＿＿＿

⑤ 見：＿＿＿＿＿
　 視：＿＿＿＿＿

⑥ 那：＿＿＿＿＿
　 哪：＿＿＿＿＿

⑦ 先：＿＿＿＿＿
　 洗：＿＿＿＿＿

⑧ 昨：＿＿＿＿＿
　 作：＿＿＿＿＿

⑨ 問：＿＿＿＿＿
　 間：＿＿＿＿＿

Write about your room. You should include:

- the furniture you have in your room, and the location of the furniture
- whether your room is messy or not
- things on your floor, on your bookshelf, on your desk
- whether you like your room or not, and why

25 閱讀理解

上海

上海是中國四個直轄市（北京、上海、天津、重慶）之一，是中國第一大城市，也是中國最大的工商業城市和港口城市。上海還是中國最大的國際化大都市。2020 年，上海會成為國際金融、航運和貿易中心。

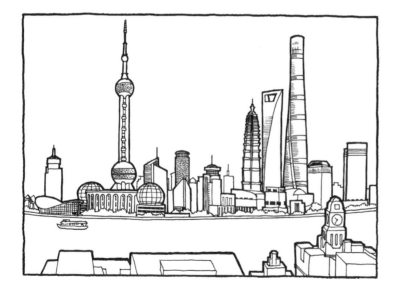

生詞
❶ tiān jīn 天津 Tianjin (a city in China)
❷ chóngqìng 重慶 Chongqing (a city in China)
❸ zhī yī 之一 one of
❹ dì yī 第一 first
❺ chéng shì 城市 city
❻ gōng yè 工（業）industry
❼ shāng yè 商（業）commerce
❽ gǎng kǒu 港口 port; harbour
❾ guó jì huà 國際化 internationalization
❿ chéng wéi 成為 become
⓫ jīn róng 金融 finance
⓬ háng yùn 航運 shipping
⓭ mào yì 貿易 trade

A 填空

1) 上海是中國 _____ 個直轄市之一。

2) 上海是中國第一大 _____ 。

3) 上海是中國最大的 _____ 城市和 _____ 城市。

4) 上海是中國最大的 _____ 大都市。

5) 2020 年，上海會成為國際 _____ 、 _____ 和 _____ 中心。

B 寫意思

1) 業 { 工業 trade / 商業 }

2) 市 city { 直轄市 / 城市 / 都市 }

3) 口 exit { 港口 / 出口 / 路口 }

4) 化 change { 國際化 / 綠化 }

C 填字母

☐ 1) 北京   ☐ 2) 上海

☐ 3) 天津   ☐ 4) 重慶

D 模仿例子英譯漢

1) 例子：上海是中國四大直轄市之一。
Hong Kong is one of the biggest ports in China.

2) 例子：2020 年，上海會成為國際金融中心。
My family will move to Beijing next year.

第三課　我的一日三餐

課文 1

1 看圖寫句子

① 會打

網球、冰球，我都會打。

②  喜歡喝

⑤  喜歡吃

③  會做

⑥  有

④  喜歡看

⑦  有

2 組詞

1) 麵 ___　　2) 雞 ___　　3) 牛 ___　　4) 果 ___　　5) 西 ___

6) 汽 ___　　7) 熱 ___　　8) 盒 ___　　9) 快 ___　　10) 炒 ___

11) 可 ___　　12) 水 ___　　13) 零 ___　　14) ___ 餐　　15) ___ 飯

3 用所給詞語填空

還是　或者

1) 你喜歡吃中餐 ＿＿＿ 西餐？

2) 我早餐吃麵包 ＿＿＿ 炒麵。

3) 你晚飯想在家裏吃 ＿＿＿ 去飯店吃？

4) 你可以看小説 ＿＿＿ 雜誌。

5) 你家住樓房 ＿＿＿ 洋房？

6) 爸爸今天 ＿＿＿ 明天會去上海。

4 完成句子

1) 我的衣櫃裏有很多衣服，比如 ＿＿＿＿＿＿＿＿＿＿＿＿＿＿＿＿＿

2) 我的書架上有很多書，比如 ＿＿＿＿＿＿＿＿＿＿＿＿＿＿＿＿＿

3) 我的鞋櫃裏有很多鞋，比如 ＿＿＿＿＿＿＿＿＿＿＿＿＿＿＿＿＿

4) 路上有很多車，比如 ＿＿＿＿＿＿＿＿＿＿＿＿＿＿＿＿＿

5) 我今年做很多課外活動，比如 ＿＿＿＿＿＿＿＿＿＿＿＿＿＿＿＿＿

5 根據實際情況回答問題

1) 你早飯喝牛奶還是果汁？

2) 你午飯吃熱狗還是三明治？

3) 你家晚飯吃中餐還是西餐？

4) 你經常吃快餐嗎？

5) 你喜歡吃中餐還是西餐？

6) 你喜歡吃炒飯還是炒麵？

7) 你會做飯嗎？你會做什麼？

8) 你會做炒雞蛋嗎？

6 組詞

1) 樓房→ _房間_ 2) 炒麵→ _____ 3) 餐桌→ _____

4) 皮鞋→ _____ 5) 牛奶→ _____ 6) 盒飯→ _____

7) 水果→ _____ 8) 快餐→ _____ 9) 上課→ _____

10) 醫生→ _____ 11) 學校→ _____ 12) 起牀→ _____

7 翻譯

① 你喜歡住樓房還是洋房？

② Do you eat sandwich or pizza for your lunch?

③ 炒飯、炒麵，我都會做。

④ I like both Chinese food and Western food.

⑤ 哥哥這個週末或者下個週末會去北京。

⑥ I drink milk or juice for breakfast.

⑦ 我今年做很多課外活動，比如游泳、踢足球、打網球。

⑧ There are a lot of clothes in the wardrobe, such as sweaters, shorts and jeans.

8 猜詞語的意思

1) 餐車：_____ 2) 冰鞋：_____ 3) 廚師：_____ 4) 橙汁：_____

5) 短裙：_____ 6) 校園：_____ 7) 公園：_____ 8) 衣架：_____

9 閱讀理解

我叫王洋，我是中國人。

我們家早飯一般吃西餐。麵包、雞蛋、水果，我們都經常吃。我們家晚飯常常吃中餐，比如炒麵、炒飯、炒菜、蒸魚、米飯。我媽媽做的蒸魚很好吃。

從星期一到星期五，我在學校吃午飯。我一般吃熱狗或者比薩餅，有時候也吃三明治或者盒飯。我爸爸和媽媽都工作。他們一般跟朋友去飯店吃午飯。

週末我們家一般去飯店吃午飯。我們一般吃中餐，有時候也吃西餐或者快餐。

回答問題：

1) 王洋家早飯吃中餐還是西餐？

2) 他家晚飯吃中餐還是西餐？

3) 他從星期一到星期五在哪兒吃午飯？

4) 他午飯常吃三明治嗎？

5) 他爸爸媽媽從星期一到星期五在哪兒吃午飯？

6) 他家週末一般在哪兒吃午飯？他們一般吃什麼？

10 連詞成句

1) 喝／果汁／早飯／我／牛奶／或者／。→ _____

2) 晚飯／或者／炒麵／他／炒飯／吃／。→ _____

3) 一般／我／快餐／午飯／吃／。→ _____

4) 中餐、／我／西餐，／喜歡／吃／都／。

→ _____

11 寫短文

Write about your daily routine. You should include:

- what time you get up
- when you eat your breakfast and what you eat
- when you go to school and how
- where and when you eat your lunch and what you eat
- what activities you do after school
- when and what you eat for dinner

12 閱讀理解

中國的人口和民族

中國是世界上人口最多的國家。中國有大約十三億人。中國有五十六個民族，有漢族、壯族、回族、藏族等等。其中，漢族的人口最多，大約佔全國人口的百分之九十二。中國有八十多種方言。不同的民族使用不同的方言，普通話是各個民族共同使用的語言。

生詞

1 人口 rén kǒu population
2 民族 mín zú nation
3 大約 dà yuē about
4 億 yì a hundred million
5 漢族 hàn zú Han nationality
6 壯族 zhuàng zú Zhuang nationality
7 回族 huí zú Hui nationality
8 藏族 zàng zú Tibetan nationality
9 其中 qí zhōng among
10 佔 zhàn make up
11 全國 quán guó the whole nation
12 百分之 bǎi fēn zhī percent
13 種 zhǒng kind
14 方言 fāng yán dialect
15 使用 shǐ yòng use
16 各 gè all; every
17 共同 gòngtóng common

A 填空

1) 中國是世界上人口 _____ 的國家。

2) 中國有大約 _____ 人。

3) 中國有 _____ 個民族。

4) 漢族的人口大約佔全國人口的 _____。

5) 中國有 _____ 多種方言。

6) _____ 是各個民族共同使用的語言。

B 用中文寫數字

1) 67,500 _____

2) 94,283 _____

3) 1,200,000,000 _____

4) 25% _____

C 寫意思

1) 用 { 使用 / 常用 }   use

2) 同 { 不同 / 同學 }   same

3) 言 { 方言 / 語言 }   speech

D 翻譯

1) 在我們學校，中國學生佔百分之六十。

2) 上海話是一種方言。

3) 你會説幾種方言？

E 模仿例子英譯漢

1) 例子：其中，漢族的人口最多。
My elder brother is the tallest in my family.

2) 例子：中國有八十多種方言。
There are more than 40 T-shirts in my wardrobe.

13 詞語歸類

中餐	西餐	快餐

1) 麵包　　2) 炒菜　　3) 熱狗　　4) 炒麵　　5) 牛排　　6) 比薩餅
7) 炒飯　　8) 米飯　　9) 蒸魚　　10) 包子　　11) 雞湯　　12) 豬排飯
13) 三明治　　14) 小籠包　　15) 牛肉飯　　16) 粥

14 完成句子

我叫小雙。
我們家早飯一般
吃 ＿＿＿＿＿＿＿，
喝 ＿＿＿＿＿＿＿。

1) milk　2) juice　3) bread　4) egg
5) small steamed meat dumplings

我叫樂樂。
我們家早飯一般
吃 ＿＿＿＿＿＿＿，
喝 ＿＿＿＿＿＿＿。

1) congee　2) fried noodles　3) yoghurt
4) steamed stuffed bun　5) fruit

15 就所給偏旁寫出漢字及意思

1) 巾 ： 帽 ＿＿＿＿ hat

2) 广 ： ＿＿＿＿ ＿＿＿＿

3) 走 ： ＿＿＿＿ ＿＿＿＿

4) 食 ： ＿＿＿＿ ＿＿＿＿

5) 扌 ： ＿＿＿＿ ＿＿＿＿

6) 攵 ： ＿＿＿＿ ＿＿＿＿

16 找出詞語並寫出意思

豬	排	中	水	果
牛	肉	西	餐	汁
酸	奶	好	雞	蛋
蒸	吃	炒	菜	湯
魚	米	飯	麵	包

1) _____ 7) _____

2) _____ 8) _____

3) _____ 9) _____

4) _____ 10) _____

5) _____ 11) _____

6) _____ 12) _____

17 造句

1) 總是　中餐：

＿＿＿＿＿＿＿＿

2) 常常　盒飯：

＿＿＿＿＿＿＿＿

3) 一般　西餐：

＿＿＿＿＿＿＿＿

4) 週末　或者：

＿＿＿＿＿＿＿＿

5) 快餐　比如：

＿＿＿＿＿＿＿＿

6) 還是　魚：

＿＿＿＿＿＿＿＿

18 組詞

1) 樓房→ _____ 2) 對面→ _____ 3) 快餐→ _____

4) 書桌→ _____ 5) 學校→ _____ 6) 看書→ _____

7) 放學→ _____ 8) 水果→ _____ 9) 課外→ _____

10) 然後→ _____ 11) 漢語→ _____ 12) 女生→ _____

19 選擇

1) 我早飯一般吃中餐。我常常喝 ___，吃 ___。

 a) 粥；小籠包或者炒雞蛋

 b) 酸奶；三明治或者麵包

2) 我媽媽做的中餐很好吃。她經常做 ___。

 a) 三明治、麵包、牛排

 b) 炒菜、蒸魚、米飯

3) 我午飯吃快餐。我會吃 ___，喝 ___。

 a) 包子或者炒飯；湯

 b) 熱狗或者比薩餅；可樂

4) 我不吃肉。我不吃 ___。

 a) 麵包、米飯、炒菜

 b) 豬肉、牛肉、小籠包

20 造句

1) 喜歡：

_____

2) 不太喜歡：

_____

3) 很喜歡：

_____

4) 很不喜歡：

_____

5) 最喜歡：

_____

6) 最不喜歡：

_____

21 用所給詞語填空

> 太　最

1) 我 ___ 喜歡踢足球。

2) 弟弟的房間 ___ 亂了！

3) 我不 ___ 喜歡吃快餐。

4) 您做的包子 ___ 好吃了！

5) 她不 ___ 喜歡做飯。

6) 媽媽 ___ 喜歡吃蒸魚。

22 連詞成句

1) 總是 / 早飯 / 奶奶 / 吃 / 中餐 / 。→ _____

2) 一般 / 在學校 / 我 / 午飯 / 吃 / 。→ _____

3) 去 / 經常 / 出差 / 香港 / 爸爸 / 。→ _____

4) 好吃 / 做 / 媽媽 / 的 / 飯菜 / 很 / 。→ _____

5) 一邊 / 上網 / 聽音樂 / 一邊 / 哥哥 / 喜歡 / 。

→ _____

23 看圖寫詞

① 　② 　③ 　④ 　⑤

⑥ 　⑦ 　⑧ 　⑨ 　⑩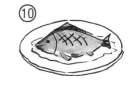

⑪ 　⑫ 　⑬ 　⑭ 　⑮

⑯ 　⑰ 　⑱ 　⑲ 　⑳

24 用所給詞語填空

幾　為什麼　誰　什麼　哪　多大　哪兒　怎麼　什麼樣　多少

1) 今天我們去 ＿＿＿＿ 吃晚飯？

2) 你午飯吃了 ＿＿＿＿ ？

3) 你們家 ＿＿＿＿ 做的飯菜最好吃？

4) ＿＿＿＿ 你的房間總是很亂？

5) 你哥哥今年 ＿＿＿＿ 了？

6) 放學以後你 ＿＿＿＿ 回家？

7) 你在 ＿＿＿＿ 所學校上學？

8) 你姐姐長 ＿＿＿＿ ？

9) 你的手機號碼是 ＿＿＿＿ ？

10) 爸爸今天 ＿＿＿＿ 點下班？

25 完成對話

1) A: 請進！請坐！

   B: ＿＿＿＿＿＿＿＿＿＿＿＿

2) A: 對不起，我不想喝汽水。

   B: ＿＿＿＿＿＿＿＿＿＿＿＿

3) A: 你想幾點回家？

   B: ＿＿＿＿＿＿＿＿＿＿＿＿

4) A: 請吃點兒水果！

   B: ＿＿＿＿＿＿＿＿＿＿＿＿

5) A: 你媽媽在家嗎？

   B: ＿＿＿＿＿＿＿＿＿＿＿＿

6) A: 我們晚飯吃中餐還是西餐？

   B: ＿＿＿＿＿＿＿＿＿＿＿＿

7) A: 你家有幾間臥室？

   B: ＿＿＿＿＿＿＿＿＿＿＿＿

8) A: 你奶奶做的哪個菜最好吃？

   B: ＿＿＿＿＿＿＿＿＿＿＿＿

26 閱讀理解

我們家週末常常去飯店吃飯。我爸爸媽媽都是上海人，很喜歡吃上海菜。我們總是去"大上海飯店"吃飯。

這家飯店不太大，但是有很多好吃的菜，比如小黃魚、雞湯、小籠包、紅燒肉、黃金餅等等。我最喜歡吃那裏的小籠包。

週末去大上海飯店吃飯的人很多。我們去那裏吃飯要先等座位，有時候要等半個小時。我常常一邊等座位一邊玩兒手機。

回答問題：

1) 為什麼他爸爸媽媽喜歡吃上海菜？

2) 他們常去的飯店叫什麼名字？

3) 那家飯店大不大？

4) 那家飯店有什麼好吃的菜？

5) 在那家飯店，他最喜歡吃什麼？

6) 週末去那家飯店吃飯的人多嗎？

7) 等座位的時候他一般會做什麼？

27 翻譯

| ① | the skirt that my younger sister wears | ④ | the beef that his elder brother cooks |

| ② | the steamed fish that mum cooks | ⑤ | the congee that grandma eats |

| ③ | the car that dad drives | ⑥ | the pair of leather shoes that he wears |

Write about your eating habit. You should include:

- what you eat for three meals from Monday to Friday
- whether your family eats out over the weekend
- what restaurant(s) your family usually goes to
- what your favourite food/drinks are

漢語和漢字

　　漢語（國語、華語）是世界上最古老的、使用時間最長的語言之一。漢語有很大的影響力，是聯合國的六大工作語言之一。漢字有四千多年的歷史。最早的漢字是甲骨文。現在的漢字有簡體字和繁體字。現在常用的漢字大約有三千八百個。

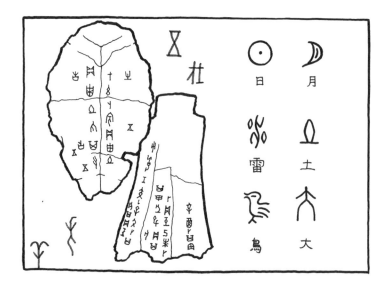

生詞

hàn zì
❶ 漢字 Chinese character

guó yǔ
❷ 國語 Chinese (language)

huá yǔ
❸ 華語 Chinese (language)

gǔ lǎo
❹ 古老 ancient

shí jiān
❺ 時間 time

yǐng xiǎng
❻ 影響 affect; influence

lì
❼ 力 power; strength

lián hé guó
❽ 聯合國 the United Nations

jiǎ gǔ wén
❾ 甲骨文 script on tortoise shells or animal bones

jiǎn tǐ zì
❿ 簡體字 simplified Chinese character

fán tǐ zì
⓫ 繁體字 the original complex form of a simplified Chinese character

cháng yòng
⓬ 常用 in common use

A 填空

1) 漢語又叫 _____、_____。

2) 漢語是世界上最 _____、使用時間最 _____ 語言之一。

3) 漢語是 _____ 的六大工作語言之一。

4) 漢字有 _____ 的歷史。

5) 最早的漢字是 _____。

6) 現在的漢字有 _____ 和 _____。

7) 現在常用的漢字大約有 _____ 個。

B 寫意思

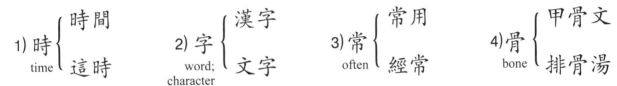

1) 時 {時間 / 這時} time
2) 字 {漢字 / 文字} word; character
3) 常 {常用 / 經常} often
4) 骨 {甲骨文 / 排骨湯} bone

C 模仿例子英譯漢

1) 例子：漢語是世界上最古老的語言之一。

Shanghai is one of the biggest cities in the world.

2) 例子：現在常用的漢字大約有三千八百個。

There are about 1,500 students in my school.

D 配對

I

框		
c 1) 見	a) 车
2) 馬	b) 长
3) 開	c) 见
4) 車	d) 儿
5) 長	e) 开
6) 兒	f) 马

II

1) 學	a) 飞
2) 國	b) 乐
3) 醫	c) 画
4) 樂	d) 学
5) 飛	e) 医
6) 畫	f) 國

第一單元　複　習

第一課

課文 1 搬　搬家　幢　樓　書房　樓房　一共　層　新　間　房間　臥室
客廳　餐廳　廚房　浴室

課文 2 洋房　花園　車庫　游泳池　房子　外面　前面　後面　有　左邊
右邊　洗手間　沙發　裏面　餐桌　椅子　客房

第二課

課文 1 聽說　樓上　樓下　自己　高興　開心　挺　櫃子　牀頭櫃　衣櫃
書桌　電腦　書架　上面　下面　對面　旁邊　是　課本　小說
雜誌　相框

課文 2 亂　書包　書櫃　鞋子　運動鞋　鞋櫃　皮鞋　襪子　雙　圍巾
條　運動服　套　手套　帽子　頂　副　件　桌子　耳機　地上
為什麼

第三課

課文 1 中餐　西餐　快餐　麵包　麵條　雞蛋　牛奶　果汁　或者　還是
熱狗　三明治　比薩餅　比如　炒麵　炒飯　盒飯　可樂　做飯

課文 2 酸奶　常常　肉　豬肉　牛肉　最　豬排　米飯　炒菜　蒸　魚　湯
粥　包子　總是　飯菜　好吃　那裏　小籠包

句型：

1) 我們家上個週末搬家了。

2) 你們搬到哪兒了？

3) 我們搬進了一幢樓房。

4) 我們的房子前面有一個小花園，
房子後面有一個大花園。

5) 車庫在房子左邊，游泳池在房子右邊。

6) 我的房間挺大的。

7) 牀的對面是衣櫃。

8) 媽媽說我的房間太亂了。

9) 中餐、西餐，我都喜歡吃。

10) 我喝牛奶或者果汁。

11) 你喜歡吃中餐還是西餐？

12) 他們做的飯菜很好吃。

問答：

1) 你們家搬家了，對嗎？　　對，我們家上個週末搬家了。

2) 你們家搬到哪兒了？　　我們搬進了一幢樓房。

3) 那幢樓房一共有多少層？　　有二十五層。

4) 你們的新家在幾樓？　　在十八樓。

5) 你們的新家有幾間臥室？　　有四間臥室，還有一個書房、一個客廳、一個餐廳、
一個廚房和三間浴室。

6) 你現在有自己的房間了嗎？　　有了。

7) 你的房間大不大？　　挺大的。我的房間裏有牀、牀頭櫃、書桌等等。

8) 你的書架上有什麼？　　書架上有課本、小説、雜誌和相框。

9) 你每天都吃午飯嗎？　　對，我每天都吃。

10) 你早飯吃什麼？　　我吃麵包、雞蛋，喝牛奶或者果汁。

11) 你午飯吃什麼？　　我一般吃快餐，比如熱狗、三明治、比薩餅。

12) 你們家晚飯吃什麼？　　中餐、西餐，我們都吃。

13) 你喜歡吃中餐還是西餐？　　中餐、西餐，我都喜歡吃。

14) 你會做飯嗎？　　我不會，但是我想學。

1 找同類詞語填空

1) 沙發 ＿＿＿＿ ＿＿＿＿

2) 圍巾 ＿＿＿＿ ＿＿＿＿

3) 果汁 ＿＿＿＿ ＿＿＿＿

4) 米飯 ＿＿＿＿ ＿＿＿＿

5) 豬肉 ＿＿＿＿ ＿＿＿＿

6) 熱狗 ＿＿＿＿ ＿＿＿＿

7) 上面 ＿＿＿＿ ＿＿＿＿ ＿＿＿＿

8) 臥室 ＿＿＿＿ ＿＿＿＿ ＿＿＿＿

2 寫反義詞

1) 進→ ＿＿＿

2) 胖→ ＿＿＿

3) 大→ ＿＿＿

4) 早→ ＿＿＿

5) 上面→ ＿＿＿

6) 裏面→ ＿＿＿

7) 前面→ ＿＿＿

8) 左邊→ ＿＿＿

3 連詞成句

1) 上個週末 / 了 / 我們家 / 搬家 / 。→ ＿＿＿＿＿＿＿＿＿＿

2) 進 / 一幢洋房 / 我們 / 搬 / 了 / 。→ ＿＿＿＿＿＿＿＿＿＿

3) 花園 / 有 / 後面 / 我家的房子 / 一個 / 。→ ＿＿＿＿＿＿＿＿

4) 喜歡 / 你 / 中餐 / 西餐 / 還是 / 吃 / ？→ ＿＿＿＿＿＿＿＿

5) 說 / 太 / 了 / 亂 / 媽媽 / 我的房間 / 。→ ＿＿＿＿＿＿＿＿

6) 有 / 十八層 / 樓房 / 一共 / 那幢 / 。→ ＿＿＿＿＿＿＿＿

4 用所給詞語填空

雙　件　頂　套　家　個　副　條　間　幢

1) 一 ___ 麵包　2) 五 ___ 公司　3) 一 ___ 圍巾　4) 一 ___ 運動鞋

5) 一 ___ 臥室　6) 一 ___ 手套　7) 一 ___ 帽子　8) 一 ___ 連衣裙

9) 一 ___ 襪子　10) 一 ___ 耳機　11) 一 ___ 襯衫　12) 一 ___ 運動服

13) 一 ___ 浴室　14) 一 ___ 樓房　15) 一 ___ 雞蛋　16) 一 ___ 律師行

5 用所給漢字組詞

衣　椅　桌　肉　中　腦　包　間
話　西　架　客　麵　鞋　飯　排

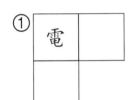

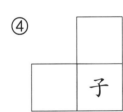

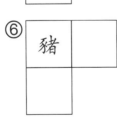
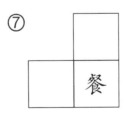

6 根據實際情況回答問題

1) 你們家住樓房還是洋房？

2) 你們家的客廳大嗎？

3) 你的房間裏有什麼？

4) 你早飯一般吃什麼？

5) 你午飯一般在哪兒吃？

6) 你們家晚飯吃中餐還是西餐？

7 看圖完成句子

① ＿＿＿ 是 ＿＿＿

② ＿＿＿ 有 ＿＿＿

③ ＿＿＿ 在 ＿＿＿

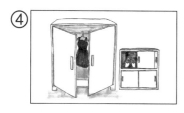  

④ ＿＿＿ 是 ＿＿＿

⑤ ＿＿＿ 有 ＿＿＿

⑥ ＿＿＿ 在 ＿＿＿

8 翻譯

1) I heard that you have your own room now.

＿＿＿＿＿＿＿＿＿＿＿＿＿＿＿＿

2) I heard that your family moved into a Western-style house.

＿＿＿＿＿＿＿＿＿＿＿＿＿＿＿＿

3) I like to eat both Chinese and Western food.

＿＿＿＿＿＿＿＿＿＿＿＿＿＿＿＿

4) I eat congee or steamed stuffed buns for breakfast.

＿＿＿＿＿＿＿＿＿＿＿＿＿＿＿＿

5) I drink milk or juice at breakfast.

＿＿＿＿＿＿＿＿＿＿＿＿＿＿＿＿

6) Would you like to eat fried rice or fried noodles?

＿＿＿＿＿＿＿＿＿＿＿＿＿＿＿＿

7) Why is your box meal on the floor?

＿＿＿＿＿＿＿＿＿＿＿＿＿＿＿＿

8) The steamed fish that my mum cooks is very delicious.

＿＿＿＿＿＿＿＿＿＿＿＿＿＿＿＿

9 造句

1) 做　最：

＿＿＿＿＿＿＿＿＿＿＿＿＿＿

2) 中午　總是：

＿＿＿＿＿＿＿＿＿＿＿＿＿＿

3) 常常　那裏：

＿＿＿＿＿＿＿＿＿＿＿＿＿＿

4) 還　做飯：

＿＿＿＿＿＿＿＿＿＿＿＿＿＿

王書文是我的好朋友。他們家上個星期六搬家了，搬到了我們小區。我非常高興，我們現在住在同一個小區，可以每天都見面（jiàn miàn）了。

我今天去了她的新家。她現在有自己的房間了，但是她的房間還很亂。她的房間裏有一個衣櫃，但是她的衣服都在牀上和椅子上。她的書桌很大。書桌上有書包、電腦、手機、課本、相框等。在她的房間裏，地上也有很多東西，有皮鞋、耳機、手套、帽子等等。她説她今天晚上不能睡在自己的牀上，她得（děi）睡在客廳裏的沙發上。

判斷正誤：

☐ 1) 王書文家上個週末搬家了。

☐ 2) 她和王書文現在住在同一幢樓房裏。

☐ 3) 她昨天去了王書文家。

☐ 4) 王書文的房間很亂。

☐ 5) 王書文的衣服都在地上。

☐ 6) 王書文的房間裏有一個大大的書桌。

☐ 7) 王書文的皮鞋在鞋櫃裏。

☐ 8) 王書文今天晚上會睡在客房裏。

11 寫短文

Write about your experience of eating out. You should include:

- name and location of the restaurant
- type of food the restaurant serves
- what you ate and drank
- how was the food
- your favourite food

第四課　我秋天去北京

課文 1

1 找出詞語並寫出意思

以	上	做	去	今
下	午	飯	年	星
雨	雪	秋	期	季
怎	晴	天	冬	節
那	麼	氣	颱	風

1) _____

2) _____

3) _____

4) _____

5) _____

6) _____

7) _____

8) _____

9) _____

10) _____

11) _____

12) _____

2 用所給詞語填空

> 左邊　外面　以上　以下　左右　以前　以後　裏面

1) 在中國，十八歲 _____ 的人可以開車。

2) 上海今天晴天，氣溫在三十五度 _____ 。

3) 北京的冬天很冷，氣溫常常在零度 _____ 。

4) _____ 下雨了。我們在房間裏看電視吧！

5) 到家 _____ ，我先吃點兒零食，然後開始做作業。

6) 睡覺 _____ ，弟弟一般會看一會兒書。

7) 卧室 _____ 有衣櫃、牀、書桌和椅子。

8) 洋房的 _____ 有一個很大的車庫。

3 翻譯

①

| one week | two weeks | four weeks | six weeks |

②

| one month | two months | three months | five months |

③

| one day | three days | ten days | twenty days |

④

| one year | eight years | fifteen years | thirty years |

4 就劃線部分提問

1) 北京今天是晴天。
（怎麼樣）

_____

2) 爸爸明天去廣州出差。
（什麼時候）

_____

3) 北京的春天氣溫在十五度左右。
（多少度）

_____

4) 我媽媽每天都走路上班。
（怎麼）

_____

5) 他哥哥長得高高的、瘦瘦的。
（什麼樣）

_____

6) 我家的電話號碼是 25480062。
（多少）

_____

49

5 看圖寫句子

① 北京今天是晴天，氣溫在三十五度左右。

② 上海

③ 香港

④ 台北

⑤ 東京

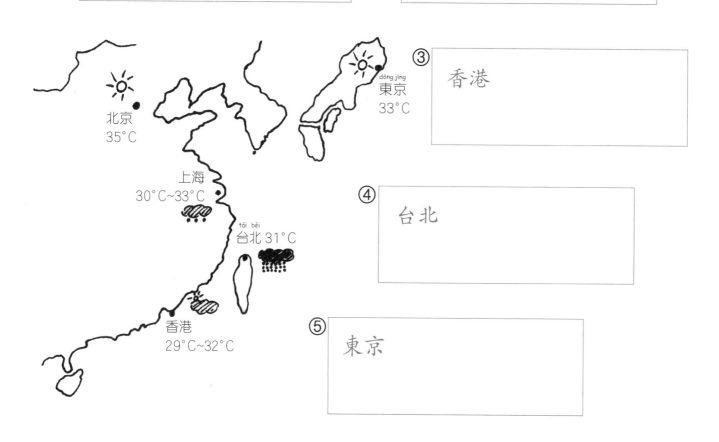

北京
35°C

上海
30°C~33°C

東京 dōng jīng
33°C

台北 tái běi
台北 31°C

香港
29°C~32°C

6 組詞

1) 以下→ _____   2) 夏天→ _____   3) 以上→ _____   4) 去年→ _____

5) 左右→ _____   6) 炒麵→ _____   7) 米飯→ _____   8) 水果→ _____

9) 西餐→ _____   10) 樓房→ _____   11) 毛衣→ _____   12) 書包→ _____

13) 課外→ _____   14) 漢語→ _____   15) 同學→ _____   16) 秘書→ _____

7 翻譯

1) 媽媽在這所學校工作了二十年。

2) 我下午睡了一個小時。

_____

3) 爸爸在那家銀行工作了五年。

4) 我們在這裏住了十年。

_____

8 閱讀理解

天津一年有四個季節：春天、夏天、秋天和冬天。

在天津，三月到五月是春天。天津的春天有時候會颳風、下雨，氣溫在十度到二十度之間。六月到八月是夏天。在天津，七月和八月最熱，氣溫常常在三十度以上，最高氣溫會到三十八度。九月到十一月是秋天。天津的秋天天氣最好，不冷也不熱，氣溫一般在十五度到二十五度之間，還常常是晴天。十二月到二月是冬天。天津的冬天很冷，氣溫常常在零度以下，有時候會到零下十五度，還常常颳風、下雪。

回答問題：

1) 天津的春天一般多少度？

2) 天津哪個月最熱？

3) 天津的夏天最高氣溫會到多少度？

4) 天津的秋天天氣怎麼樣？

5) 天津的冬天冷不冷？

6) 天津的冬天會下雪嗎？

7) 哪個季節去天津最好？

1) It is sunny this morning, and there will be rain in the afternoon. The temperature today is around 32℃.

_____

_____

2) There will be rain tomorrow. The temperature will be around 25℃. It will be windy this coming weekend.

_____

_____

中國的歷史

中國有五千多年的歷史，是世界四大文明古國之一。中國統一以後的第一個封建王朝是秦朝（公元前 221 年–公元前 206 年），第一個皇帝是秦始皇。中國的最後一個朝代是清朝（1616 年–1911 年），最後一個皇帝叫溥儀。

生詞

❶ wén míng 文明 civilization

❷ gǔ guó 古國 country with a long history

❸ tǒng yī 統一 unite

❹ fēng jiàn 封建 feudal　❺ wáng cháo 王朝 dynasty

❻ qín cháo 秦朝 Qin Dynasty (221 B.C.-206 B.C.)

❼ gōng yuán 公元 the Christian era; A.D.

gōng yuán qián 公元前 before Christ; B.C.

❽ huáng dì 皇帝 emperor

❾ qín shǐ huáng 秦始皇 First Emperor (259 B.C.-210 B.C.) of China's Qin Dynasty

❿ zuì hòu 最後 last

⓫ pǔ yí 溥儀 Aisin-Gioro Puyi (1906-1967) the last emperor of China's Qing Dynasty

A 填空

1) 中國有 _____ 年的歷史。

2) 中國是世界四大 _____ 古國之一。

3) 中國統一以後的 _____ 封建王朝是秦朝。

4) 中國的第一個皇帝是 _____。

5) _____ 是中國的最後一個朝代。

B 寫意思

1) 文 $\begin{cases} 文明 \\ 文化 \end{cases}$
culture

2) 古 $\begin{cases} 古國 \\ 古都 \end{cases}$
ancient

3) 歷 $\begin{cases} 歷史 \\ 學歷 \end{cases}$
experience

4) 最 $\begin{cases} 最後 \\ 最好 \end{cases}$
most

C 寫年份

1) 秦朝（221 B.C.–206 B.C.） → <u>公元前 221 年到公元前 206 年</u>

2) 明朝（1368–1644） → _____

3) 清朝（1616–1911） → _____

D 模仿例子英譯漢

1) 例子：中國有五千多年的歷史。

Mum has more than 10 scarfs.

2) 例子：中國是世界四大文明古國之一。

India is one of the four ancient civilizations in the world.

3) 例子：中國統一以後的第一個封建王朝是秦朝。

My first Chinese teacher was from Beijing.

4) 例子：中國的最後一個皇帝叫溥儀。

My last activity today is playing the piano.

11 配對

□ 1) 今天白天有大雪，氣溫在零度左右。

□ 2) 今天多雲，最低氣溫十八度。

□ 3) 今天下午有小雨，最高氣溫二十二度。

□ 4) 今天是晴天，氣溫在二十度左右。

□ 5) 今天有颱風，有大雨。

12 改錯並寫出正確的句子

1) 上海今天是晴。

→ _____

2) 北京今天白天是陰。

→ _____

3) 香港明天有多雲。

→ _____

4) 西安明天和後天都雷雨。

→ _____

5) 台北今天氣溫在左右三十度。

→ _____

6) 廣州明天早上是霧。

→ _____

7) 西安今天白天是颱風。

→ _____

8) 今天氣溫在之間六度到十度。

→ _____

13 看圖寫句子

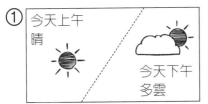
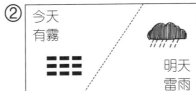

今天上午晴，下午
多雲。

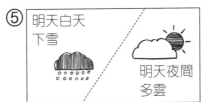
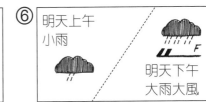

14 寫意思

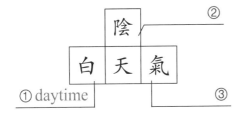
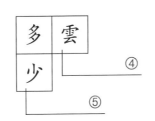
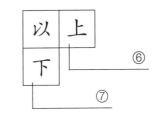

① daytime

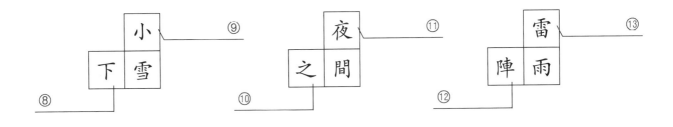

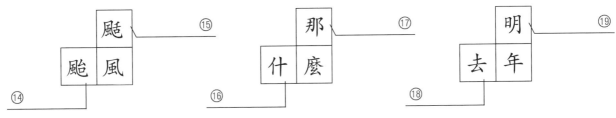

15 寫反義詞

1) 以後→＿＿＿　2) 夜間→＿＿＿　3) 陰天→＿＿＿　4) 以上→＿＿＿

5) 上面→＿＿＿　6) 左邊→＿＿＿　7) 上學→＿＿＿　8) 低→＿＿＿

9) 來→＿＿＿　10) 胖→＿＿＿　11) 外→＿＿＿　12) 前→＿＿＿

13) 冷→＿＿＿　14) 少→＿＿＿　15) 大→＿＿＿　16) 短→＿＿＿

16 填空

①

去年			後年
	今天		

②

	這個月	
上個星期		
		下個週末

17 連詞成句

1) 白天 / 轉 / 晴 / 今天 / 上海 / 多雲 / 。→＿＿＿＿＿＿＿＿

2) 北京 / 有 / 今天 / 陣雨 / 夜間 / 。→＿＿＿＿＿＿＿＿

3) 西安 / 明天 / 上午 / 大雨 / 有 / 。→＿＿＿＿＿＿＿＿

4) 可能 / 香港 / 雷雨 / 明天 / 有 / 。→＿＿＿＿＿＿＿＿

5) 颱風 / 後天 / 可能 / 廣州 / 有 / 。→＿＿＿＿＿＿＿＿

6) 零下 / 今天 / 氣溫 / 最低 / 十五度 / 。→＿＿＿＿＿＿＿＿

18 看圖寫短文

① 北京

　　北京今天晴，有大風，氣溫在十五度到十八度之間。明天多雲，氣溫在十三度左右。

② 台北

③ 大連
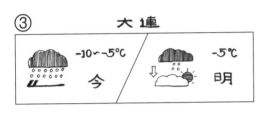

④ 上海
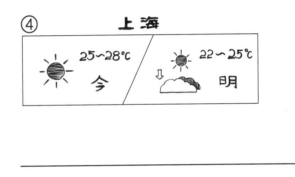

19 寫偏旁部首及意思

① 歌　欠 owe
② 放
③ 站
④ 顏

⑤ 穿
⑥ 衫
⑦ 粉
⑧ 碼

⑨ 冰
⑩ 愛
⑪ 彈
⑫ 動

⑬ 歷
⑭ 色
⑮ 螞
⑯ 問

① 北京 -10°C 今 / 明

今天有大雪，氣溫在零下十度左右。明天陰天。

② 上海 5～10°C 今 / 明

今天是晴天，氣溫在五度到十度之間。明天陰天。

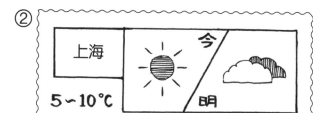

二〇一六年
十二月二十日

③ 今 山 F / 明 廣州 15°C

今天有大雨，有大風，氣溫在十五度左右。明天晴。

④ 今 / 明 18°C 香港

今天有小雨，氣溫在十八度左右。明天晴天。

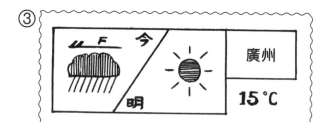

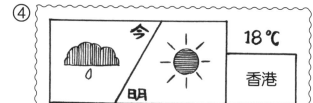

1) 北京今天天氣怎麼樣？_____

2) _____

3) _____

4) _____

5) _____

6) _____

7) _____

8) _____

9) _____

10) _____

21 閱讀理解

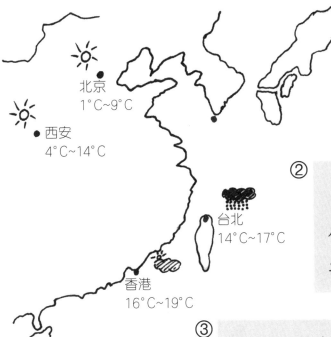

北京
1°C~9°C

西安
4°C~14°C

台北
14°C~17°C

香港
16°C~19°C

① 北京今天晴，氣溫在一度到九度之間。週末晴轉陰，氣溫在零度左右。

② 西安今天是晴天，氣溫在四度到十四度之間。下個星期多雲轉陰，可能有小雪。

③ 台北今天有大雨，氣溫在十四度到十七度之間。下個星期陰轉多雲，可能有小雨。

④ 香港今天多雲，最低氣溫十六度，最高氣溫十九度。明天多雲轉陰。

回答問題：

1) 北京今天天氣怎麼樣？多少度？

2) 北京這個週末天氣怎麼樣？

3) 西安今天會下雨嗎？

4) 西安今天多少度？

5) 西安下個星期天氣怎麼樣？

6) 台北今天有雨嗎？

7) 台北今天最高氣溫多少度？

8) 台北下個星期天氣怎麼樣？

9) 香港今天最低氣溫多少度？

10) 香港明天天氣怎麼樣？

Search on the Internet, check and write down weather forecasts for three cities of your choice. You should include:

- weather conditions and temperature of today
- forecast for tomorrow and the day after tomorrow

23 閱讀理解

故宮

故宮（紫禁城）有八千多個宮殿，是世界上最大、最完整的木結構古建築羣。故宮在北京的市中心，是明朝和清朝的皇宮。從明朝的第一個皇帝到清朝的末代皇帝，先後有二十四個皇帝在故宮裏住過。

生詞

zǐ jìn chéng
❶ 紫禁城 the Forbidden City (in Beijing)

gōng diàn
❷ 宮殿 palace

wán zhěng
❸ 完整 complete

mù
❹ 木 wood

jié gòu
❺ 結構 structure

gǔ
❻ 古 ancient

jiàn zhù
❼ 建築 architecture

qún
❽ 羣 in groups

shì
❾ 市 city

huáng gōng
❿ 皇宮 imperial palace

mò dài
⓫ 末代 the last reign (of a dynasty)

xiān hòu
⓬ 先後 one after another

guo
⓭ 過 a particle (indicate an experience)

A 填空

1) 故宮又叫 ＿＿＿＿＿＿，有 ＿＿＿＿＿＿ 宮殿。

2) 故宮是世界上 ＿＿＿＿＿＿、＿＿＿＿＿＿ 的木結構古建築羣。

3) 故宮是 ＿＿＿＿＿＿ 和 ＿＿＿＿＿＿ 的皇宮。

4) 先後有 ＿＿＿＿＿＿ 個皇帝在故宮裏住過。

B 寫意思

1) 市 { 市中心　都市　city

2) 木 { 木結構　木房子　wood

3) 皇 { 皇宮　皇帝　emperor

4) 末 { 末代　週末　end

C 模仿例子英譯漢

1) 例子：故宮有八千多個宮殿。

There are more than 100 Chinese restaurants in the city centre.

2) 例子：故宮在北京的市中心。

Our school is beside the public swimming pool.

3) 例子：故宮是世界上最大的木結構古建築羣。

My parents' bedroom is the biggest room in our new house.

4) 例子：從明朝的第一個皇帝到清朝的末代皇帝，先後有二十四個皇帝在故宮裏住過。

From primary one till present, five Chinese teachers have taught me.

D 翻譯

1) the tallest palace in the world

2) the longest dynasty

3) the youngest student in my class

4) the imperial palace of wooden structure

61

第五課　我生病了

課文 1

1 配對

ⓐ

ⓑ

ⓒ

ⓓ

① 爸爸很喜歡做飯。他每天都給我們做飯。他做的蒸魚最好吃。☐

② 爺爺今天覺得不太舒服。他上午去了醫院。醫生給他開了一點兒藥。☐

③ 奶奶起牀以後覺得很不舒服。媽媽送她去了醫院。醫生給她量了體溫，三十八點五度。☐

④ 弟弟這兩天總是咳嗽。他今天去醫院看病。醫生説他要少喝可樂，多喝水。☐

2 根據實際情況回答問題

1) 你是在哪兒出生的？

_____

2) 你是在哪兒長大的？

_____

3) 你是幾歲開始學漢語的？

4) 你是哪年來到這所學校的？

_____

5) 昨天你是怎麼去學校的？

_____

6) 昨天你爸爸是怎麼上班的？

_____

3 翻譯

① 我先給你量一量體温。

② 我可以看看你的新電腦嗎？

③ 我看一看你的雜誌，可以嗎？

④ 請等等，我去叫醫生。

4 用所給詞語填空

多喝水　少吃肉　多看書　少吃快餐
多運動　多說漢語　少看電視　多休息

1) 我從前天開始咳嗽。我去看病，醫生説："你要＿＿＿＿＿！"

2) 我每天中午都吃熱狗。我的好朋友經常説："你要＿＿＿＿＿！"

3) 我不太喜歡看書。媽媽常説："你要＿＿＿＿＿！"

4) 妹妹每天都吃很多肉。奶奶經常説："你要＿＿＿＿＿！"

5) 弟弟長得很胖。爸爸常説："你要＿＿＿＿＿！"

6) 我生病了。外婆説："你去睡覺吧！你要＿＿＿＿＿！"

7) 我週末一般會在家看電視。爺爺常説："你要＿＿＿＿＿！"

8) 我的漢語不太好。老師常説："你要＿＿＿＿＿！"

5 配對

□ 1) 你覺得哪兒不舒服？   a) 昨天晚上。

□ 2) 你吃藥了嗎？   b) 我發燒了，還咳嗽。

□ 3) 你要多喝水。   c) 謝謝醫生！

□ 4) 我給你開點兒藥。   d) 沒有。

□ 5) 你是從什麼時候開始發燒的？   e) 但是我想去。

□ 6) 你明天不能去上學。   f) 好。

6 翻譯

① 他吃飯的時候一般會看電視。

② He normally listens to music while jogging.

③ 她做作業的時候常常吃零食。

④ She often listens to music while she is on line.

⑤ 昨天下雨的時候我在家。

⑥ I was in school while it was snowing yesterday.

⑦ 昨天我們搬家的時候下雨了。

⑧ I felt ill while I was having my English lesson today.

7 根據實際情況回答問題

1) 你常常生病嗎？

2) 你上個月生病了嗎？你哪兒不舒服？

3) 你生病的時候會去醫院嗎？

4) 你生病的時候一般會吃什麼？

5) 你生病的時候媽媽會讓你做什麼？

8 閱讀理解

雷明今天生病了。早上起牀以後，他覺得不舒服。他早飯喝了一點兒粥。去學校以前，他開始發燒。媽媽說："你生病了，今天在家休息吧！"

上午雷明在家睡了兩個小時覺。吃午飯的時候，他還不舒服。他午飯吃了點兒炒飯。午飯以後，媽媽送他去醫院看病。

在醫院，醫生給他量了量體溫，三十八點八度。醫生說："你感冒了，還發燒。我給你開點兒藥。你要多喝水，多休息！"醫生讓他明天和後天也在家休息。

回答問題：

1) 雷明是什麼時候開始覺得不舒服的？

2) 他是什麼時候開始發燒的？

3) 他午飯吃了什麼？

4) 他是什麼時候去看病的？

5) 醫生說他要做什麼？

6) 他明天能去上學嗎？

9 寫短文

Write about your experience of being ill. You should include:

- when you felt sick
- whether you had a fever or not and what the temperature was
- whether you coughed or not
- who took you to see the doctor and what the doctor told you to do
- how many days you stayed at home

10 閱讀理解

中國的科技發明

中國古代的科技發明中最有名的是四大發明——造紙術、印刷術、火藥和指南針。這些發明和中國的飲食、藝術、哲學等都對周邊的國家和地區（日本、韓國、越南、馬來西亞等）產生了很大的影響。

生詞

① kē jì 科技 science and technology

② fā míng 發明 invention

③ gǔ dài 古代 ancient times

④ yǒu míng 有名 famous

⑤ zào zhǐ shù 造紙術 papermaking technology

⑥ yìn shuā shù 印刷術 printing

⑦ huǒ yào 火藥 gunpowder

⑧ zhǐ nán zhēn 指南針 compass

⑨ zhè xiē 這些 these

⑩ yǐn shí 飲食 food and drink

⑪ yì shù 藝術 art

⑫ zhé xué 哲學 philosophy

⑬ zhōubiān 周邊 surrounding

⑭ dì qū 地區 area; region

⑮ hán guó 韓國 Republic of Korea

⑯ mǎ lái xī yà 馬來西亞 Malaysia

⑰ chǎn shēng 產生 generate

A 填空

1) 中國古代的四大發明是：＿＿＿＿、＿＿＿＿、＿＿＿＿、＿＿＿＿。

2) 中國古代的四大發明和中國的 ＿＿＿＿、＿＿＿＿、＿＿＿＿ 等都對周邊的國家和地區產生了很大的影響。

3) 中國周邊的國家有 ＿＿＿＿、＿＿＿＿、＿＿＿＿、＿＿＿＿ 等。

B 寫意思

1) 周 { 周邊 / 四周 }　around

2) 名 { 有名 / 出名 }　reputation

3) 術 { 造紙術 / 印刷術 }　art; technique

4) 區 { 地區 / 市區 }　area

C 翻譯

1) ancient science and technology

2) the surrounding countries and regions

3) Chinese ancient inventions

4) had great impact

D 翻譯

1) 中國古代的科技發明中最有名的是四大發明。

＿＿＿＿＿＿＿＿＿＿＿＿＿＿＿＿＿＿＿＿＿＿

2) 我的同學中最高的是王小明。

＿＿＿＿＿＿＿＿＿＿＿＿＿＿＿＿＿＿＿＿＿＿

3) 這些發明對周邊的國家和地區產生了很大的影響。

＿＿＿＿＿＿＿＿＿＿＿＿＿＿＿＿＿＿＿＿＿＿

4) 爸爸媽媽對我產生了很大的影響。

＿＿＿＿＿＿＿＿＿＿＿＿＿＿＿＿＿＿＿＿＿＿

11 配對

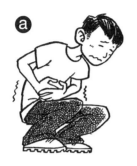
a

① 他從上個星期開始咳嗽。今天媽媽帶他去了醫院。

④ 他感冒了，嗓子很疼。

b

② 他今天早上開始發燒。他現在覺得很冷。

⑤ 他昨天晚上沒睡好，今天早上覺得頭痛。

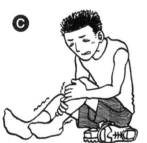
c

③ 他今天上午覺得肚子疼，下午開始拉肚子。

⑥ 他昨天跑了兩個小時步，今天覺得腿(tuǐ)疼。

d

e

f

12 組詞

1) 馬上→ _____

2) 小時→ _____

3) 開車→ _____

4) 水果→ _____

5) 學生→ _____

6) 廚房→ _____

7) 裏面→ _____

8) 課外→ _____

9) 毛衣→ _____

10) 以前→ _____

11) 天氣→ _____

12) 沙發→ _____

13 翻譯

① one hour	three and a half hours	ten hours	thirty hours
② one day	two days	three and a half days	six days
③ one week	two and a half weeks	four weeks	seven weeks
④ one month	two months	three and a half months	five months
⑤ one year	two and a half years	three years	ten years
⑥ one morning	one afternoon	one evening	one weekend

14 配對

☐ 1) 你覺得哪兒不舒服？　　　　　a) 對，我昨天晚上開始拉肚子。

☐ 2) 你拉肚子嗎？　　　　　　　　b) 我吃了點兒感冒藥。

☐ 3) 你吃藥了嗎？　　　　　　　　c) 謝謝醫生！

☐ 4) 我給你開了一點兒藥。　　　　d) 昨天早上。

☐ 5) 你是從什麼時候開始覺得　　　e) 我頭痛、嗓子疼，還咳嗽。
　　　不舒服的？

15 找出詞語並寫出意思

麵	書	雷	陣	咳
條	包	雨	嗽	看
舒	服	嗓	生	病
拉	肚	子	頭	假
感	冒	疼	髮	條

1) _____   7) _____

2) _____   8) _____

3) _____   9) _____

4) _____   10) _____

5) _____   11) _____

6) _____   12) _____

16 造句

1) 咳嗽　半個月：

_____

2) 頭痛　兩天：

_____

3) 在北京　住　五年：

_____

4) 在家　休息　一個月：

_____

5) 在西安　工作　半年：

_____

6) 看電視　兩個小時：

_____

7) 拉肚子　三天：

_____

8) 下雨　半個小時：

_____

17 猜詞語的意思

1) 雪白：_____   2) 雪花：_____   3) 雨衣：_____

4) 雨鞋：_____   5) 酸雨：_____   6) 病房：_____

7) 藥店：_____   8) 藥水：_____   9) 中藥：_____

18 閱讀理解

我從昨天早上開始發燒、咳嗽。吃飯的時候我還嗓子疼。昨天上午媽媽帶我去看病。到了醫院，護士先給我量了一下體溫。我三十八點九度。護士讓我坐在旁邊等醫生。我等了五分鐘醫生就來了。醫生說我感冒了。他給我開了藥，還給我開了一張病假條，讓我在家休息兩天。

到家以後，媽媽給我的老師發電郵（E-mail）說我生病了，這兩天不能去上學。

今天我不發燒了，可是還咳嗽。

王老師：

您好！

我是李泳的媽媽。李泳感冒了。我今天上午帶他去了醫院。醫生讓他在家休息兩天。他今、明兩天不能去上學了。

李泳的媽媽

判斷正誤：

☐ 1) 李泳是今天早上開始覺得不舒服的。

☐ 2) 他媽媽沒帶他去看病。

☐ 3) 醫生給他量了體溫。

☐ 4) 醫生給他開了一點兒藥。

☐ 5) 他今天不發燒了。

---

19 寫出偏旁部首的意思

① 彡 ② 尸 ③ 户 ④ 小

⑤ 車 ⑥ 牛 ⑦ 火 ⑧ 馬

⑨ 舌 ⑩ 匸 ⑪ 斤 ⑫ 革

20 用所給詞語填空

雖然……，但是……　　先……，然後……

一邊……一邊……　　從……到……　　太……了

1) 妹妹喜歡 _____ 聽音樂 _____ 做作業。

2) _____ 星期一 _____ 星期五，爸爸每天都很忙。

3) _____ 媽媽今天覺得不舒服，_____ 她沒去醫院看病。

4) 弟弟的房間 _____ 亂 _____ ！

5) 醫生 _____ 給我量了體温，_____ 給我看了病。

6) _____ 今天下大雪，還颱風，_____ 我不覺得冷。

7) 到家以後，我 _____ 吃了一點兒麵條，_____ 吃了藥。

21 翻譯

① 醫生讓我在家休息兩天。

② The doctor lets me sleep for eight hours every day.

③ 老師叫我們多説漢語。

④ Grandma orders me to drink more water, less coke.

⑤ 媽媽叫爸爸馬上去看病。

⑥ Mum orders the younger sister to go to sleep right away.

⑦ 爸爸讓我每天上一個小時網。

⑧ Mum allows me to watch TV for one hour every day.

22 閱讀理解

A

家樂：

你好！

你的病好了嗎？你現在還發燒嗎？醫院的醫生和護士好不好？醫院的飯菜好吃嗎？你白天在醫院做什麼？週末我們會去看你。

李英

判斷正誤：

☐ 1) 家樂生病了。

☐ 2) 家樂現在住在醫院。

☐ 3) 家樂不吃醫院的飯菜。

☐ 4) 李英週末會去看家樂。

B

李英：

你好！

我現在不發燒了。這裏的醫生和護士都很好。我白天可以看書、看雜誌、看電視，還可以上網、聽音樂。這裏的飯菜不太好吃。週末你們能來，我很高興。

家樂

判斷正誤：

☐ 1) 家樂不發燒了。

☐ 2) 醫生不讓家樂上網。

☐ 3) 醫院的飯菜很好吃。

☐ 4) 家樂很想見李英。

Write a diary recounting your experience of falling ill the other day. You should include:

- when you started to feel unwell
- what symptoms you had
- who took you to the doctor
- how many days you rested at home

24 閱讀理解

中國音樂

中國的民族樂器主要有吹奏、拉弦、彈撥和打擊四類。人們最熟悉的樂器有二胡、笛子、琵琶等。其中，二胡最有名，被稱為"中國的小提琴"。中國還有很多民歌。《茉莉花》是中國最有名的民歌之一。

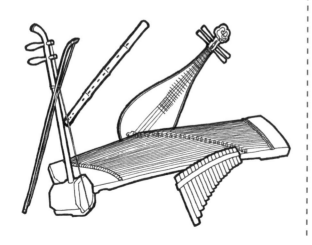

生詞

① 樂器 *yuè qì* musical instrument
② 主要 *zhǔ yào* main
③ 吹奏 *chuī zòu* play (wind instruments)
④ 拉弦 *lā xián* play (stringed instruments)
⑤ 彈撥 *tán bō* play; pluck
⑥ 打擊 *dǎ jī* percussion
⑦ 類 *lèi* type
⑧ 人們 *rén men* people
⑨ 熟悉 *shú xi* be well acquainted with
⑩ 二胡 *èr hú* two-stringed Chinese fiddle
⑪ 笛子 *dí zi* flute
⑫ 琵琶 *pí pa* a plucked string instrument with a fretted fingerboard
⑬ 被 *bèi* used to form a passive phrase
⑭ 稱為 *chēng wéi* be called
⑮ 小提琴 *xiǎo tí qín* violin
⑯ 民歌 *mín gē* folk song
⑰ 茉莉花 *mò lì huā* jasmine flower

A 填空

1) 中國的民族樂器主要有 _____、_____、_____ 和 _____ 四類。

2) 人們最熟悉的中國樂器有 _____、_____、_____ 等。

3) 二胡被稱為 _____。

4)《茉莉花》是中國最有名的 _____ 之一。

B 寫意思

1) 樂 { 樂器 ___ 音樂 ___ }
music

2) 類 { 種類 ___ 人類 ___ }
type

3) 熟 { 熟悉 ___ 熟人 ___ }
familiar

4) 歌 { 民歌 ___ 兒歌 ___ }
song

C 模仿例子英譯漢

1) 例子：人們最熟悉的樂器有二胡、笛子、琵琶等。

The Chinese food that people are most familiar with is fried noodles.

2) 例子：中國有很多民歌。《茉莉花》是中國最有名的民歌之一。

I have many friends, among them Ma Tian is one of my best friends.

D 翻譯

1) Chinese musical instruments

2) the most familiar folk song

3) the most famous doctor

4) one of my hobbies

5) play the piano

6) listen to music

第六課　我的寵物

課文 1

1 配對

① 牠有圓圓的眼睛。牠身上的毛長長的。牠的尾巴也長長的。牠很喜歡吃魚。

ⓐ

② 牠有長長的鼻子、大大的嘴巴和大大的耳朵。牠身上的毛短短的。牠很喜歡睡覺。

ⓑ

③ 牠有大眼睛、大鼻子和大耳朵。牠身上的毛長長的。牠很喜歡吃肉。

ⓒ

2 根據實際情況回答問題

1) A: 你養過寵物嗎？　　B₁: _養過。_　　B₂: _沒養過。_

2) A: 你滑過冰嗎？　　B₁: _____　　B₂: _____

3) A: 你去過北京嗎？　　B₁: _____　　B₂: _____

4) A: 你吃過小籠包嗎？　　B₁: _____　　B₂: _____

5) A: 你學過法語嗎？　　B₁: _____　　B₂: _____

6) A: 你打過冰球嗎？　　B₁: _____　　B₂: _____

3 用所給詞語填空

搬家　聽説　覺得　量體温　看病　休息　叫　養　餵　帶

1) 我們家養了一隻貓，我們 ＿＿＿＿ 牠 "小雪"。

6) 我每天都要 ＿＿＿＿ 我的小狗，還要給牠洗澡。

2) 醫生一會兒來給你 ＿＿＿＿。

7) 護士姐姐會給你 ＿＿＿＿。

3) 王明家上個週末 ＿＿＿＿ 了。

8) 媽媽不讓我們 ＿＿＿＿ 寵物。

4) ＿＿＿＿ 他明年會去英國上大學。

9) 我 ＿＿＿＿ 今天挺冷的。

5) 我今天不舒服，想在家 ＿＿＿＿ 一天。

10) 我差不多每天晚上都 ＿＿＿＿ 狗去散步。

4 翻譯

A 1) 他很喜歡養寵物。

＿＿＿＿＿＿＿＿＿＿＿＿＿＿

B 1) 她上小學的時候學過漢語。

＿＿＿＿＿＿＿＿＿＿＿＿＿＿

2) 他小時候養過寵物。

＿＿＿＿＿＿＿＿＿＿＿＿＿＿

2) 她學了兩年漢語。

＿＿＿＿＿＿＿＿＿＿＿＿＿＿

3) 他現在養了一隻狗。

＿＿＿＿＿＿＿＿＿＿＿＿＿＿

3) 她明年會去北京學漢語。

＿＿＿＿＿＿＿＿＿＿＿＿＿＿

4) 他還想養一隻貓。

＿＿＿＿＿＿＿＿＿＿＿＿＿＿

4) 她會説一點兒漢語。

＿＿＿＿＿＿＿＿＿＿＿＿＿＿

5 用所給詞語填空

差不多　經常　有時候　每天　常　一般

1) 這個星期天氣不好，_____ 都下雨。

2) 我 _____ 每天晚上都帶狗去散步。

3) 北京的冬天很冷，但是不 _____ 下雪。

4) 媽媽 _____ 早上六點半起牀，然後給我們做早飯。

5) 弟弟總是不吃菜和水果，所以他 _____ 生病。

6) 我中午一般吃中餐，_____ 也吃快餐。

6 造句

1) 雖然……，但是……　在北京　説漢語：
   雖然他在北京住了兩年，但是他只會説一點兒漢語。

2) 雖然……，但是……　不工作　忙：
   _____

3) 雖然……，但是……　很多零食　不胖：
   _____

4) 因為……，所以……　生病　上學：
   _____

5) 因為……，所以……　下雪　冷：
   _____

7 寫出偏旁部首的意思

① 戈　　② 皿　　③ 酉　　④ 勹

⑤ 貝　　⑥ 冖　　⑦ 隹　　⑧ 瓦

⑨ 寸　　⑩ 又　　⑪ 缶　　⑫ 田

⑬ 子　　⑭ 工　　⑮ 儿　　⑯ 魚

8 閱讀理解

　　因為我總是跟媽媽說我想養寵物，所以媽媽給我買了一隻小狗。我非常開心。

　　因為小狗身上的毛是白色的，所以我叫牠"小雪"。小雪長得胖胖的。牠的毛長長的，尾巴短短的。牠的眼睛圓圓的、大大的。

　　我每天早上和晚上都會餵牠。下午放學以後我會跟牠玩半個小時。我差不多每天晚上都會帶牠去散步。我週末還會給牠洗澡。牠生病的時候，我會帶牠去寵物醫院。

　　雖然現在我每天都很忙，但是我很快樂。

回答問題：

1) 為什麼媽媽給他買了一隻小狗？

2) 為什麼他的狗叫"小雪"？

3) 小雪長什麼樣？

4) 他什麼時候餵小雪？

5) 他放學以後會做什麼？

6) 他什麼時候帶小雪去散步？

7) 如果小雪生病了，他會做什麼？

你養了一隻小狗。寫日記介紹一下你的小狗。

你要寫：

• 牠叫什麼名字

• 牠長什麼樣

• 你每天都要為牠做什麼

• 你喜歡牠嗎，為什麼

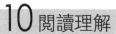

10 閱讀理解

琴棋書畫

　　古人常用"琴棋書畫"來評定一個人的才華和修養。這裏的"琴"是古琴，"棋"是圍棋，"書"是書法，"畫"是繪畫。其中，圍棋是歷史最悠久的一種棋。圍棋不但能發展智力，而且能培養品質。

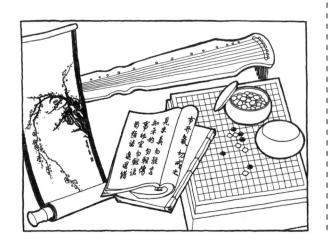

生詞

❶ 棋 qí chess　　圍棋 wéi qí a game played with black and white pieces on a board of 361 crosses

❷ 書 shū write　　書法 shū fǎ calligraphy

❸ 古人 gǔ rén forefathers

❹ 評定 píng dìng evaluate

❺ 才華 cái huá literary or artistic talent

❻ 修養 xiū yǎng accomplishment

❼ 古琴 gǔ qín a seven-stringed plucked instrument

❽ 繪畫 huì huà drawing; painting

❾ 悠久 yōu jiǔ long

❿ 不但 bú dàn ……，而且 ér qiě …… not only..., but also...

⓫ 發展 fā zhǎn develop　　⓬ 智力 zhì lì intelligence

⓭ 培養 péi yǎng foster　　⓮ 品質 pǐn zhì character

A 填空

1) 古人常用 _____ 來評定一個人的才華和修養。

2) 這裏的"琴"是 _____ ，"棋"是 _____ ，"書"是 _____ ，"畫"
   是 _____ 。

3) 圍棋是歷史 _____ 的一種棋。

4) 圍棋不但能發展 _____ ，而且能培養 _____ 。

B 寫意思

1) 古 { 古人 古代
ancient

2) 畫 { 繪畫 國畫
drawing;
painting

3) 琴 { 古琴 鋼琴
musical
instrument

4) 圍 { 圍棋 圍巾
surround

C 翻譯

1) music talent

2) develop one's intelligence

3) long history

4) foster one's character

D 填空

1) ____ 網球

2) ____ 鋼琴

3) ____ 書

4) ____ 舞

5) ____ 足球

6) ____ 畫兒

7) ____ 冰

8) ____ 步

9) ____ 音樂

10) ____ 電視

11 配對

①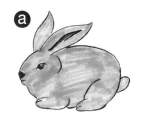

牠身上的毛是白色的或者灰色的。牠的眼睛是紅色的。牠的耳朵長長的，尾巴短短的。牠很可愛。

②

牠身上的毛是棕色的或者黑色的。牠身上的毛很短。牠有長長的尾巴。牠跑得很快。

③

牠身上的毛是棕色的。牠的尾巴長長的，嘴巴大大的。牠非常聰明，非常好動。牠很喜歡吃香蕉。
xiāng jiāo

12 詞語歸類

1) 咳嗽	2) 晴天	3) 雷雨	4) 頭痛	5) 陰天	6) 好動
7) 颱風	8) 活潑	9) 嗓子疼	10) 發燒	11) 有霧	12) 可愛
13) 拉肚子	14) 多雲	15) 陣雨	16) 下雨	17) 下雪	18) 颱風

Symptoms	Weather conditions	Personality

13 用所給詞語填空

有點兒

（一）點兒

1) 雖然我家的小狗很聰明，但是牠 _____ 吵。

2) 因為昨天晚上下雪了，所以今天 _____ 冷。

3) 我到家以後一般先吃 _____ 零食，然後做作業。

4) 你今天下午早 _____ 來我家，行嗎？

5) 我今天早上覺得 _____ 不舒服。

6) 我中午吃了感冒藥，現在覺得好 _____ 了。

7) 我嗓子 _____ 疼。我要吃 _____ 藥。

14 翻譯

① 如果晚上有時間，我會跟小狗一起玩。

② If I am sick, mum will take me to the clinic.

③ 如果明天是晴天，我會去學校的游泳池游泳。

④ If there is a typhoon tomorrow, we will have no school.

⑤ 雖然她只有五歲，但是她長得很高。

⑥ Although the dog is only three months old, it runs very fast.

⑦ 因為妹妹每天都吃很多零食，所以她有點兒胖。

⑧ I like my dog very much because it is so cute.

15 用所給詞語填空

| 讓 | 帶 | 叫 | 教 | 養 | 玩 | 開 | 量 |

1) 因為小貓的眼睛又大又圓，所以我 ___ 牠"圓圓"。

2) 媽媽 ___ 我多看書，少看電視。

3) 毛老師在我們學校 ___ 漢語。

4) 我生病的時候，媽媽會 ___ 我去看醫生。

5) 我小時候 ___ 過一隻貓。牠叫"小花"。

6) 寵物醫生給我的狗 ___ 了一點兒藥。

7) 每天放學以後我都會跟朋友一起 ___。

8) 護士姐姐給我 ___ 了體溫。她說我沒有發燒。

16 造句

1) 為什麼　上學：

2) 天氣　怎麼樣：

3) 長　什麼樣：

4) 氣溫　以上：

5) 什麼時候　來：

6) 怎麼　上學：

17 寫意思

① { 聰明：_____
明天：_____ }

② { 好動：_____
愛好：_____ }

③ { 非常：_____
經常：_____ }

④ { 散步：_____
跑步：_____ }

18 用所給詞語及結構寫句子

A 又……又……

活潑	頭痛
颱風	拉肚子
咳嗽	可愛
下雨	發燒

1) 她又活潑又可愛。_____

2) _____

3) _____

4) _____

B 經常／常常／有時候／每天　　跟……一起

朋友	打網球
爸爸	做作業
弟弟	滑冰
媽媽	散步
小狗	玩

1) 我常常跟朋友一起去滑冰。_____

2) _____

3) _____

4) _____

5) _____

19 寫出偏旁部首的意思

① 糹　　② 辶　　③ 禾　　④ 矢

⑤ 口　　⑥ 疒　　⑦ 艹　　⑧ 冂

20 造句

① 給……看病：

④ 給……洗澡：

② 給……開病假條：

⑤ 給……做飯：

③ 給……量體溫：

⑥ 給……開藥：

21 連詞成句

1) 了／兩隻狗／我們家／養／現在／。→ _____

2) 帶／要／去／我／寵物診所／小狗／。→ _____

3) 身上／牠／毛／的／長／很／。→ _____

4) 要／為／你／什麼／做／寵物狗／？→ _____

5) 小時候／養／我／兩隻狗／過／。→ _____

6) 小狗／帶／常常／我／散步／去／。→ _____

7) 一起／跟／沒有時間／我／玩／小貓／。

→ _____

22 組詞並寫出意思

1) 寵 物 : __pet__   2) 尾 ___ : _____   3) 活 ___ : _____

4) 聰 ___ : _____   5) 洗 ___ : _____   6) 非 ___ : _____

7) 如 ___ : _____   8) 因 ___ : _____   9) 時 ___ : _____

10) 診 ___ : _____   11) 散 ___ : _____   12) 可 ___ : _____

23 閱讀理解

十月二十三日星期三　　　　　雨

　　寵物狗小雪到我家有半個月了。小雪又聰明又活潑，非常可愛。我們都非常喜歡牠。

　　今天早上，我覺得小雪可能不舒服，因為牠沒有來叫我起牀。我起牀以後去餵牠，但是牠不太想吃東西。牠還想睡覺。

　　我下午四點到家的時候，小雪還在睡覺。晚上六點媽媽下班回家以後，我和媽媽一起帶牠去寵物診所看病。醫生說小雪感冒了，給牠開了一點兒藥。如果兩天以後牠的病還不好，我們要再帶牠去診所。

回答問題：

1) 小雪到他家多長時間了？

2) 為什麼他非常喜歡小雪？

3) 為什麼他覺得小雪今天可能生病了？

4) 他是下午幾點到家的？

5) 他和媽媽是什麼時候帶小雪去看病的？

6) 醫生說小雪怎麼了？

介紹你的寵物。你要寫：

- 你養了什麼寵物
- 牠多大，牠長什麼樣
- 你每天都要為牠做什麼
- 牠經常生病嗎，如果牠生病了，
  你會為牠做什麼
- 你喜歡你的寵物嗎，為什麼

25 閱讀理解

京劇

　　京劇有一百多年的歷史，是中國的國劇。京劇有四種表演手法：唱、唸、做、打。這也是京劇表演的四個基本功。京劇中的角色主要有生、旦、淨、丑四大類。京劇臉譜是京劇的一大特色。

生詞

① <ruby>京劇<rt>jīng jù</rt></ruby> Beijing opera

② <ruby>國劇<rt>guó jù</rt></ruby> popular traditional opera of a country

③ <ruby>表演<rt>biǎo yǎn</rt></ruby> performance　　④ <ruby>手法<rt>shǒu fǎ</rt></ruby> technique

⑤ <ruby>唱<rt>chàng</rt></ruby> sing　　⑥ <ruby>唸<rt>niàn</rt></ruby> recitation　　⑦ <ruby>做<rt>zuò</rt></ruby> act

⑧ <ruby>打<rt>dǎ</rt></ruby> acrobatics (dancing)　　⑨ <ruby>基本功<rt>jī běn gōng</rt></ruby> basic training

⑩ <ruby>角色<rt>jué sè</rt></ruby> role (in films, drama, etc.)

⑪ <ruby>生<rt>shēng</rt></ruby> male role in traditional opera

⑫ <ruby>旦<rt>dàn</rt></ruby> female character type in traditional opera

⑬ <ruby>淨<rt>jìng</rt></ruby> "painted face", a character type in traditional opera

⑭ <ruby>丑<rt>chǒu</rt></ruby> clown in traditional opera

⑮ <ruby>臉譜<rt>liǎn pǔ</rt></ruby> types of facial makeup

⑯ <ruby>特色<rt>tè sè</rt></ruby> distinctive feature or quality

A 填空

1) 京劇有 ＿＿＿＿ 的歷史，是中國的 ＿＿＿＿。

2) 京劇有四種表演手法：＿＿＿、＿＿＿、＿＿＿、＿＿＿。

3) 京劇中的角色主要有 ＿＿＿、＿＿＿、＿＿＿、＿＿＿ 四大類。

B 寫意思

1) 劇 $\begin{cases} 京劇 \\ 話劇 \end{cases}$ 2) 演 $\begin{cases} 表演 \\ 公演 \end{cases}$ 3) 特 $\begin{cases} 特色 \\ 特長 \end{cases}$ 4) 法 $\begin{cases} 手法 \\ 做法 \end{cases}$

drama   perform   special   method; way

C 翻譯

1) the popular traditional opera of China

2) performing method

3) the main role

4) distinctive features of Beijing opera

D 根據實際情況回答問題

1) 你看過京劇嗎？

2) 你是在哪兒看京劇的？
　　你是什麼時候看的？

E 看圖寫詞

①

②

③

④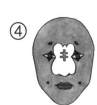

第四課

課文 1　去年　明年　季節　春天　夏天　秋天　冬天　天氣　怎麼樣　氣溫　度　零度　左右　以上　以下　冷　颱風　下雨　下雪　晴天　那　那麼

課文 2　天氣預報　霧　多雲　轉　陰天　陣雨　之間　可能　颱風　西安　白天　夜間　小雪　低　後天　小雨　雷雨

第五課

課文 1　量　體溫　給　點　那邊　看病　覺得　舒服　咳嗽　發燒　開　藥　休息　要　生病

課文 2　頭痛　疼　嗓子　拉肚子　馬上　帶　護士　一下　感冒　叫　最後　張　病假條　讓　小時　雖然……，但是……

第六課

課文 1　養　寵物　過　小時候　貓　隻　因為……，所以……　牠們　身上　毛　尾巴　灰白色　為　餵　洗澡　散步　差不多

課文 2　只　聰明　可愛　又……又……　東西　活潑　好動　非常　玩　時間　吵　有點兒　診所　如果

句型：

1) 你去年在北京住了一年。

2) 醫生一會兒來給你看病。

3) 晚上睡覺的時候我還咳嗽。

4) 你是從什麼時候開始發燒的？

5) 你要多喝水，多休息！

6) 下午我睡了兩個小時覺。

7) 你養過寵物嗎？

8) 因為牠身上的毛是白色的，所以我叫牠“雪球”。

9) 樂樂只有兩個月大。

10) 牠們都又聰明又可愛。

11) 我沒有時間跟牠們一起玩。

12) 樂樂有點兒吵。

問答：

1) 北京的冬天天氣怎麼樣？　北京的冬天很冷，有時候還下雪，氣溫經常在零度以下，有時候會到零下十度。

2) 北京的秋天呢？　北京的秋天天氣最好，不冷也不熱，常常是晴天。

3) 北京的秋天一般多少度？　十七度到二十五度。

4) 你覺得哪兒不舒服？　我發燒了。晚上睡覺的時候我還咳嗽。

5) 你是從什麼時候開始發燒的？　我是昨天晚飯以後開始覺得不舒服的。

6) 請問，我明天能去上學嗎？　你明天不能去上學。你生病了，要在家休息兩天。

7) 你養過寵物嗎？　我小時候養過魚。我現在養了一隻狗和一隻貓。

8) 你的狗叫什麼名字？　因為牠身上的毛是白色的，所以我叫牠“雪球”。

9) 牠長什麼樣？　牠的眼睛大大的，鼻子和嘴巴都小小的。牠的尾巴很短。

10) 你要為雪球和小花做什麼？　我每天都餵牠們，常常給牠們洗澡。我差不多每天都帶雪球去散步。

1 找同類詞語填空

1) 咳嗽 ＿＿＿＿＿ ＿＿＿＿＿ ＿＿＿＿＿ ＿＿＿＿＿

2) 晴天 ＿＿＿＿＿ ＿＿＿＿＿ ＿＿＿＿＿ ＿＿＿＿＿

3) 春天 ＿＿＿＿＿ ＿＿＿＿＿　　　　4) 聰明 ＿＿＿＿＿ ＿＿＿＿＿

2 用所給詞語填空

> 可能　　那麼　　只　　有點兒　　一點兒
>
> 小時候　　差不多　　非常　　的時候　　最後

1) 今天夜間 ＿＿＿＿＿ 有雷雨。

2) 你明天能早 ＿＿＿＿＿ 回家嗎？

3) 我 ＿＿＿＿＿ 養過貓。

4) 奶奶吃飯 ＿＿＿＿＿ 常常咳嗽。

5) ＿＿＿＿＿ 我們秋天去北京吧！

6) 我家小狗 ＿＿＿＿＿ 有兩個月大。牠很好動。

7) 我 ＿＿＿＿＿ 每天都帶狗去散步。

8) 他的小狗雖然很可愛，但是 ＿＿＿＿＿ 吵。

9) ＿＿＿＿＿，醫生給我開了一張病假條。

10) 爺爺 ＿＿＿＿＿ 喜歡吃中餐。他每天都吃炒菜和米飯。

3 組詞

① ＿們

② 頭＿

③ ＿步

④ 下＿

⑤ ＿服

⑥ ＿後

⑦ ＿常

⑧ ＿動

4 連詞成句

1) 洗澡 / 小狗 / 我 / 給 / 常常 / 。→ _____

2) 氣溫 / 以下 / 零度 / 冬天 / 在 / 常常 / 。→ _____

3) 後天 / 天氣預報 / 大雪 / 説 / 有 / 。→ _____

4) 覺得 / 她 / 今天早上 / 不舒服 / 。→ _____

5) 馬上 / 弟弟 / 媽媽 / 醫院 / 帶 / 去了 / 。→ _____

6) 給 / 護士 / 體温 / 我 / 量了 / 。→ _____

5 看圖完成句子

①  半天

今天下了_____

_____

②  三年

他們一家人在
上海_____

③  兩天

她在家_____

_____

④  半個小時

妹妹跟小狗___

_____

6 翻譯

1) The doctor orders me to drink more water.

_____

2) Mum asked my younger brother to sleep more.

_____

3) Dad said: "You should wear more clothes today."

_____

4) My elder sister said: "You should eat less rice."

_____

7 看圖寫句子

① 帶……去看醫生

② 給……量體溫

③ 給……看病

④ 給……開藥

⑤ 給……開病假條

⑥ 給……做麵條

8 根據實際情況回答問題

1) 你最喜歡哪個季節？為什麼？

2) 今天天氣怎麼樣？今天多少度？

3) 明天會下雨嗎？

4) 你昨天晚上睡了幾個小時覺？

5) 你生病的時候，誰帶你去醫院？

6) 你小時候養過寵物嗎？

7) 你想養狗還是養貓？

8) 如果你養了寵物，你會為牠做什麼？

9 造句

1) 因為……，所以……　身上：

＿＿＿＿＿＿＿＿＿＿＿

2) 又……又……　颱風：

＿＿＿＿＿＿＿＿＿＿＿

3) 雖然……，但是……　上學：

＿＿＿＿＿＿＿＿＿＿＿

4) 是……的　不舒服：

＿＿＿＿＿＿＿＿＿＿＿

我叫東東。我爸爸是英國人，媽媽是中國人。我們一家人住在香港。我們在香港住了五年了。

我們一家人都很喜歡香港的天氣。香港一年有四個季節：春天、夏天、秋天和冬天。香港的春天常常下雨，氣溫在十五度到二十度之間。香港的夏天很熱，有時候會有颱風，氣溫常常在三十度以上。香港的秋天和冬天天氣最好，差不多每天都是晴天。秋天的氣溫在十五度左右，冬天也不太冷。

判斷正誤：

☐ 1) 東東一半是英國人，一半是中國人。

☐ 2) 他們家五年以前搬到了香港。

☐ 3) 他不太喜歡香港的天氣。

☐ 4) 香港一年只有兩個季節。

☐ 5) 香港的春天經常下雨。

☐ 6) 香港的夏天常常有颱風。

☐ 7) 香港的冬天總是陰天。

☐ 8) 香港的秋天不冷也不熱。

---

11 寫短文

上個星期，朋友送了你一隻小貓。寫日記介紹一下這隻小貓。

你要寫：

• 牠叫什麼名字，牠多大了

• 牠是什麼顏色的，牠長什麼樣

• 牠喜歡做什麼，牠喜歡吃什麼

• 你要為牠做什麼

第七課　我家附近有商場

課文 1

1 用所給詞語填空

學校	醫院	花店	電影院	網球場	籃球場
書店	藥店	超市	服裝店	快餐店	滑冰場

1) 滑冰的地方叫 ＿＿＿＿。

2) 看病的地方叫 ＿＿＿＿。

3) 買花的地方叫 ＿＿＿＿。

4) 買書的地方叫 ＿＿＿＿。

5) 打籃球的地方叫 ＿＿＿＿。

6) 看電影的地方叫 ＿＿＿＿。

7) 買衣服的地方叫 ＿＿＿＿。

8) 打網球的地方叫 ＿＿＿＿。

9) 買藥的地方叫 ＿＿＿＿。

10) 上學的地方叫 ＿＿＿＿。

11) 買水果、買肉的地方叫 ＿＿＿＿。

12) 可以吃到熱狗的地方叫 ＿＿＿＿。

2 根據實際情況回答問題

1) A: 你在這家商店買過衣服嗎？　　B₁: ＿＿＿＿＿　　B₂: ＿＿＿＿＿

2) A: 你在那家電影院看過電影嗎？　B₁: ＿＿＿＿＿　　B₂: ＿＿＿＿＿

3) A: 你吃過小籠包嗎？　　　　　　B₁: ＿＿＿＿＿　　B₂: ＿＿＿＿＿

4) A: 你養過狗嗎？　　　　　　　　B₁: ＿＿＿＿＿　　B₂: ＿＿＿＿＿

5) A: 你喝過粥嗎？　　　　　　　　B₁: ＿＿＿＿＿　　B₂: ＿＿＿＿＿

6) A: 你滑過冰嗎？　　　　　　　　B₁: ＿＿＿＿＿　　B₂: ＿＿＿＿＿

3 看圖寫句子

	超市	
飯店		水果店
鞋店		花店
服裝店	診所 藥店	電影院

A 1) 鞋店對面有水果店。

  2) _____

  3) _____

B 1) 診所旁邊是藥店。

  2) _____

  3) _____

C 1) 超市在飯店右邊。

  2) _____

  3) _____

4 用所給詞語填空

好看　好吃　好聽　好喝　好玩

1) 這家服裝店的衣服挺 _____ 的，但是非常貴。

2) 弟弟覺得可樂很 _____ 。他差不多每天都喝可樂。

3) 那家飯店的湯很 _____ 。

4) 奶奶做的小籠包又 _____ 又 _____ 。

5) 這個地方不 _____ 。我們去那裏吧！

6) 我覺得漢語挺 _____ 的。

5 根據實際情況回答問題

1) 你家附近有什麼公共設施？

2) 你家附近有大商場嗎？那個商場裏有什麼商店？

3) 你一般去哪兒買衣服？你跟誰一起去買衣服？

4) 你上個週末去買衣服了嗎？買了什麼衣服？

5) 你一般去哪個超市買東西？你一般去那裏買什麼？

6) 你一般去哪個電影院看電影？你喜歡看什麼電影？

6 填空

1) 在寵物店你可以看到 _____、_____ 等等。

2) 在服裝店你可以買到 _____、_____、_____、_____ 等等。

3) 在飯店你可以吃到 _____、_____、_____ 等等。

4) 在書店你可以買到 _____、_____、_____ 等等。

5) 商場裏有很多商店，有 _____、_____、_____、_____ 等等。

7 寫反義詞

1) 大→ ___ 2) 出→ ___ 3) 左→ ___ 4) 前→ ___ 5) 下→ ___

6) 胖→ ___ 7) 長→ ___ 8) 高→ ___ 9) 接→ ___ 10) 裏→ ___

8 造句

1) 玩　一天：

_____

2) 咳嗽　一個月：

_____

3) 感冒　一個星期：

_____

4) 嗓子疼　兩天：

_____

5) 休息　兩個小時：

_____

6) 散步　一個小時：

_____

9 閱讀理解

我們家上個月搬家了。我們搬進了一幢樓房。

我們住的地方附近有很多公共設施，有商場、遊樂場、足球場、學校、醫院等等。商場裏有電影院、服裝店、書店、飯店，還有一個大超市。我愛看電影，所以我週末常跟朋友一起去電影院。我還喜歡看書。差不多每天放學以後我都會去書店看看。我弟弟還很小。他非常喜歡跟朋友們一起去遊樂場玩。

我非常喜歡住在這裏。

回答問題：

1) 他們家是什麼時候搬家的？

2) 他們家附近有什麼公共設施？

3) 他們家附近的商場裏有什麼商店？

4) 他週末經常做什麼？

5) 他有什麼愛好？

6) 他弟弟喜歡去哪兒玩？

畫出你家附近的公共設施，然後介紹一下。你要寫：

- 你是什麼時候搬到這裏的
- 你家附近有什麼公共設施
- 你常去哪兒，你常去那裏做什麼
- 你喜歡住在這裏嗎，為什麼

11 閱讀理解

春節

　　春節（農曆新年、中國新年）是中國最重要、最熱鬧的節日。每年的農曆正月初一是春節。過春節的時候，北方人會吃餃子，南方人會吃年糕。慶祝春節的活動有放鞭炮、舞龍、舞獅等等。

| 生詞 |

chūn jié
❶ 春節 the Spring Festival; Chinese New Year's Day

nóng lì
❷ 農曆 Chinese lunar calendar

xīn nián
❸ 新年 New Year

rè nào
❹ 熱鬧 bustling

jié rì
❺ 節日 festival

zhēng yuè
❻ 正月 the first month of the lunar year

chū yī
❼ 初一 the first day of a lunar month

guò
❽ 過 spend (time)

běi fāng rén
❾ 北方人 northerner

jiǎo zi
❿ 餃子 dumpling

nán fāng rén
⓫ 南方人 southerner

nián gāo
⓬ 年糕 New Year cake

qìng zhù
⓭ 慶祝 celebrate

fàng
⓮ 放 let off

biān pào
⓯ 鞭炮 firecrackers

wǔ lóng
⓰ 舞龍 (perform) the dragon dance

wǔ shī
⓱ 舞獅 (perform) the lion dance

A 填空

1) 春節也叫 ＿＿＿＿＿＿＿＿ 、 ＿＿＿＿＿＿＿＿ 。

2) 春節是中國 ＿＿＿＿＿＿＿＿ 、 ＿＿＿＿＿＿＿＿ 的節日。

3) 過春節的時候，北方人會吃 ＿＿＿＿＿＿＿＿ ，南方人會吃 ＿＿＿＿＿＿＿＿ 。

4) 慶祝春節的活動有放鞭炮、 ＿＿＿＿＿＿＿＿ 、 ＿＿＿＿＿＿＿＿ 等等。

B 寫意思

1) 曆 { 農曆   日曆 }
calendar

2) 年 { 年夜飯   年糕 }
Chinese New Year

3) 節 { 節日   春節 }
festival

C 翻譯

1) lunar New Year

2) the most important festival

3) the first day of the first lunar month

4) northerners eat dumplings

5) southerners eat New Year cake

6) activities of New Year celebration

D 看圖寫詞

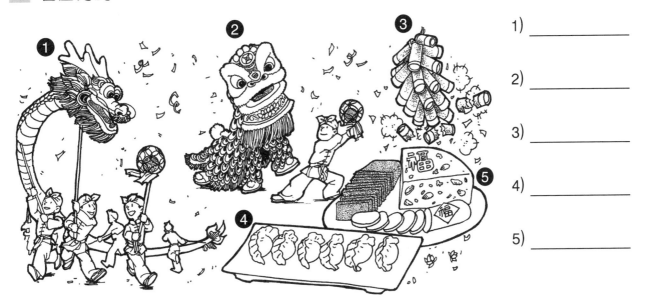

1) ＿＿＿＿＿＿＿＿

2) ＿＿＿＿＿＿＿＿

3) ＿＿＿＿＿＿＿＿

4) ＿＿＿＿＿＿＿＿

5) ＿＿＿＿＿＿＿＿

12 判斷正誤

我家

☐ 1) 我家離公園很近。

☐ 2) 銀行隔壁是一家書店。

☐ 3) 公園旁邊是一個商場。

☐ 4) 書店在快餐店對面。

☐ 5) 這個商場有兩層。

☐ 6) 地鐵站在商場下面。

☐ 7) 電影院在商場二層。

☐ 8) 公共汽車站在地鐵站和
公園中間。

13 寫詞語

在這些商店，你可以買到：
（zhè xiē）

書店	服裝店	超市

14 寫時間段

1

二十分鐘

2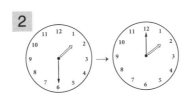

3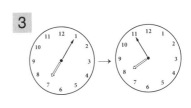

4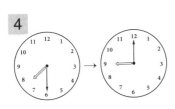

5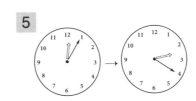

6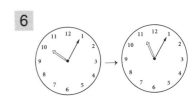

15 看圖寫句子

①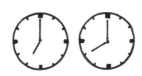

她每天都畫一個小時畫兒。

④

②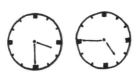

⑤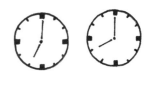

③

⑥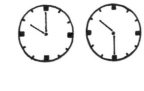

16 翻譯

① draw a picture	② listen to music	③ swimming	④ play ice hockey

⑤ play the piano	⑥ read a book	⑦ shopping	⑧ go on the Internet

⑨ watch TV	⑩ ice-skating	⑪ dance	⑫ jogging

⑬ take a walk	⑭ watch a movie	⑮ read a magazine	⑯ play football

17 看圖寫句子

① 　書店就在鞋店
隔壁。

④

②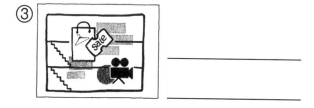

⑤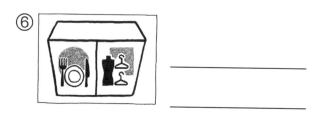

③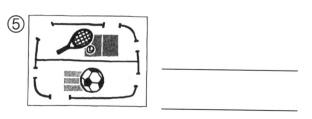

⑥

18 填空

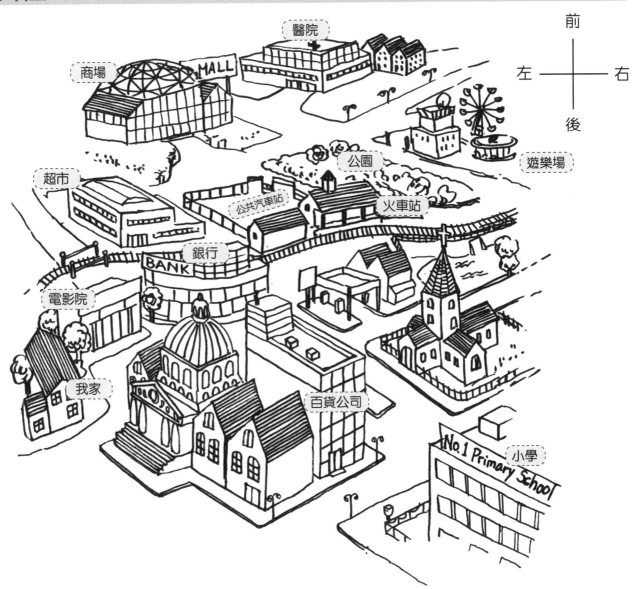

　　雖然我家 ＿＿＿＿ 市中心很遠，但是我家 ＿＿＿＿ 有很多公共設施，住在這裏很 ＿＿＿＿ 。

　　我家 ＿＿＿＿ 是一家電影院，電影院右邊是一家 ＿＿＿＿ 。銀行 ＿＿＿＿ 是一個超市。超市附近有一個 ＿＿＿＿ 和一家醫院。我們住的地方附近還有 ＿＿＿＿ 、 ＿＿＿＿ 、 ＿＿＿＿ 和公園。公園就在 ＿＿＿＿ 旁邊。我們晚上常常去公園散步。

　　我在第一小學上學。我每天都 ＿＿＿＿ 上學。

①	百貨商店就在超市對面。	②	The supermarket is just below the bookstore.
③	書店就在鞋店的樓上。	④	The restaurant is just below the clothes shop.
⑤	公園離我家不遠。	⑥	My home is not far from my school.
⑦	我們家離電影院很近，走路五分鐘就到了。	⑧	His home is not far from the city centre. It takes 10 minutes by bus.

20 連詞成句

1) 左邊 / 商場 / 有 / 一個滑冰場 / 。→ _____

2) 公共汽車站 / 近 / 離 / 很 / 地鐵站 / 。→ _____

3) 每天都 / 媽媽 / 船 / 上班 / 坐 / 。→ _____

4) 隔壁 / 一家花店 / 鞋店 / 的 / 是 / 。→ _____

5) 一個 / 附近 / 我家 / 有 / 大公園 / 。→ _____

21 寫反義詞

1) 瘦→ ____ 2) 近→ ____ 3) 晴→ ____ 4) 高→ ____ 5) 前→ ____

6) 去→ ____ 7) 少→ ____ 8) 熱→ ____ 9) 長→ ____ 10) 左→ ____

22 填空

1) 一 ___ 中學　2) 一 ___ 毛衣　3) 一 ___ 褲子　4) 一 ___ 電影院

5) 一 ___ 皮鞋　6) 一 ___ 帽子　7) 一 ___ 圍巾　8) 一 ___ 足球場

9) 一 ___ 飯店　10) 一 ___ 洋房　11) 一 ___ 手套　12) 一 ___ 病假條

13) 一 ___ 廚房　14) 一 ___ 臥室　15) 一 ___ 耳機　16) 一 ___ 運動服

23 閱讀理解

我們上個星期六去了叔叔家。他們住的地方太方便了！

雖然他們家離市中心不近，但是附近有百貨商店、公共汽車站、超市等等，非常方便。地鐵站離他家也不遠，走路五分鐘就到了。他家附近還有一個大商場，裏面有好多商店，有飯店、書店、服裝店、鞋店等等。商場對面是一個公園和一所小學。

我堂弟^{táng dì}和堂妹^{táng mèi}就在那所小學上學。他們每天都走路上學。叔叔的公司離他家挺遠的。他每天都開車上班。嬸嬸^{shěnshen}的公司離她家不遠。她坐地鐵上班，十五分鐘就到了。

回答問題：

1) 他上個週末去哪兒了？

2) 他叔叔家離市中心遠嗎？

3) 他叔叔家附近有什麼公共設施？

4) 他叔叔家離地鐵站近嗎？

5) 他叔叔家附近有學校嗎？在哪兒？

6) 他叔叔每天怎麼上班？

給外公外婆寫信，介紹一下你們學校附近的設施。你要寫：

- 你們學校在哪兒，離你家遠嗎
- 你每天怎麼上學，怎麼回家
- 你們學校離市中心遠嗎
- 你們學校附近有什麼公共設施
- 你常去哪兒，你常去那裏做什麼

25 閱讀理解

端午節和中秋節

　　每年的陰曆五月初五是端午節，也叫龍舟節。這天，人們會賽龍舟，吃粽子。每年的陰曆八月十五是中秋節，也叫團圓節。這天晚上，月亮又圓又亮。人們會一邊吃月餅，一邊賞月。孩子們還會打燈籠。

生詞

duān wǔ jié
❶ 端午節 the Dragon Boat Festival

zhōng qiū jié
❷ 中秋節 Mid-Autumn Festival

yīn lì
❸ 陰曆 lunar calendar

lóng zhōu
❹ 龍舟 dragon boat

lóng zhōu jié
龍舟節 the Dragon Boat Festival

sài
❺ 賽 match; game

zòng zi
❻ 粽子 pyramid-shaped dumpling made of glutinous rice wrapped in reed leaves

tuán yuán
❼ 團圓 reunion
tuán yuán jié
團圓節 Mid-Autumn Festival

yuè liang
❽ 月亮 moon

liàng
❾ 亮 bright

yuè bǐng
❿ 月餅 moon cake

shǎng
⓫ 賞 appreciate; enjoy

hái zi
⓬ 孩子 child

dǎ
⓭ 打 raise; hold

dēng long
⓮ 燈籠 lantern

A 填空

1) 每年的陰曆 _____ 是端午節，也叫 _____。

2) 每年的陰曆 _____ 是中秋節，也叫 _____。

3) 端午節，人們會吃 _____，賽 _____。

4) 中秋節，人們會吃 _____，賞 _____。

5) 中秋節的晚上，月亮 _____。

B 寫意思

1) 賽 { 賽龍舟 網球賽
match; game

2) 秋 { 中秋節 秋天
autumn

3) 餅 { 月餅 大餅
a round flat cake

4) 燈 { 燈籠 電燈
lamp

C 翻譯

1) The moon is round and bright.

2) People often eat moon cakes while appreciating the full moon.

3) On the day of the Dragon Boat Festival, every family eats pyramid-shaped dumplings.

D 填空

1) <u>吃</u> 月餅   2) ___ 燈籠   3) ___ 龍舟   4) ___ 粽子

5) ___ 月   6) ___ 龍   7) ___ 獅   8) ___ 春節

第八課　我的新朋友

課文 1

1 判斷正誤

□ 1) 小花兩年以前比現在瘦。

□ 2) 小貓兩年以前比現在胖。

□ 3) 高明兩年以前比現在胖。

□ 4) 兩年以前小花的頭髮比現在的短。

□ 5) 高明兩年以前穿的衣服跟現在的一樣。

□ 6) 小花兩年以前穿的皮鞋跟現在的一樣。

2 寫反義詞

1) 遠→ ___　　2) 冷→ ___　　3) 低→ ___　　4) 前面→ ___

5) 胖→ ___　　6) 進→ ___　　7) 送→ ___　　8) 裏面→ ___

9) 短→ ___　　10) 來→ ___　　11) 早→ ___　　12) 右邊→ ___

3 用所給詞語填空

> 講　畫　打　喝　拉　請　彈　交　買　看　踢　吃

1) 爺爺的愛好是 ___ 國畫。

2) 我在學校 ___ 了三個新朋友。

3) 他每個週末都跟朋友一起去 ___ 排球。

4) 下個星期天是我的生日。我會 ___ 幾個朋友來我們家玩。

5) 我姐姐很愛 ___ 笑話。

6) 他從四歲開始學 ___ 小提琴。

7) 她總是在這家服裝店 ___ 衣服。

8) 我明天會去電影院 ___ 電影。

9) 我每個星期三下午都會 ___ 半小時足球。

10) 我們家每個週末都去那家飯店 ___ 晚飯。

11) 他每天都 ___ 一個小時鋼琴。

12) 弟弟非常喜歡 ___ 可樂。

4 看圖寫句子

小明
七歲

小新
十二歲

A 1) 小新的衣服跟小明的不一樣。

2) _____

3) _____

B 1) 小新的眼睛比小明的大。

2) _____

3) _____

5 配對

□ 1) 你們同歲嗎？　　　　　　a) 他特別喜歡踢足球。

□ 2) 你們同班嗎？　　　　　　b) 她長得高高的。她的頭髮卷卷的。

□ 3) 他有什麼愛好？　　　　　c) 他比我大。

□ 4) 我想請小冬來我們家。　　d) 真的嗎？

□ 5) 她長什麼樣？　　　　　　e) 對，我們在一個班。

□ 6) 你的手機跟我的一樣。　　f) 好啊！週末請他來玩吧！

6 造句

A 1) 裙子：

　　她的裙子跟我的一樣。

2) 運動鞋：

_____

3) 愛好：

_____

4) 書包：

_____

B 1) 電腦：

　　我的電腦比她的貴。

2) 房間：

_____

3) 耳機：

_____

4) 頭髮：

_____

7 填空

1) 打 <u>籃球</u>　　2) 養 _____　　3) 穿 _____　　4) 踢 _____

5) 吃 _____　　6) 喝 _____　　7) 看 _____　　8) 買 _____

9) 拉 _____　　10) 彈 _____　　11) 交 _____　　12) 講 _____

13) 畫 _____　　14) 做 _____　　15) 量 _____　　16) 開 _____

8 翻譯

① His mobile phone is the same as mine.

② My room is bigger than my elder sister's.

③ Her hair is longer than mine.

④ I have the same hobbies as my elder sister.

⑤ My dress is the same as hers.

⑥ My school is smaller than yours.

9 閱讀理解

　　轉到新學校以後，我很快就交了一個新朋友。我覺得特別開心！

　　我的新朋友叫王文琴。她是中國人，但是她是在英國出生、長大的。因為她爸爸在北京工作，所以他們一家人上個月搬到了北京。

　　王文琴和我是同班同學。我們同歲，她今年也十二歲。她長得比我高。她的頭髮比我的長。她的愛好跟我的一樣。我們都喜歡打網球和打排球。我們還喜歡畫畫兒。她會畫國畫，我會畫油畫。

　　上個週末我去了她家。這個週末我會請她來我家玩。

判斷正誤：

☐ 1) 王文琴是在中國出生，在英國長大的。

☐ 2) 王文琴的爸爸現在在英國工作。

☐ 3) 她和王文琴同班。

☐ 4) 她今年十二歲。

☐ 5) 她比王文琴矮。

☐ 6) 王文琴愛打排球。

☐ 7) 王文琴會畫油畫。

☐ 8) 她去過王文琴家。

10 寫短文

介紹你的朋友。你要寫：

- 他／她的姓名、年齡
- 他／她長什麼樣
- 他／她有什麼愛好，他／她的愛好跟你的一樣嗎
- 你們常常一起做什麼

11 閱讀理解

中國的飲食文化

中國的飲食文化歷史悠久。因為每個地區的氣候、地理、歷史、物產和飲食風俗不同，所以中國菜有很多流派。其中最有代表性的八大菜系是：魯菜、川菜、粵菜、閩菜、蘇菜、浙菜、湘菜和徽菜。

生詞

① qì hòu 氣候 climate　② dì lǐ 地理 geography

③ wù chǎn 物產 products　④ fēng sú 風俗 custom

⑤ liú pài 流派 sect

⑥ dài biǎo 代表 represent　dài biǎoxìng 代表性 representativeness

⑦ cài xì 菜系 style of cooking

⑧ lǔ 魯 another name for Shandong Province
lǔ cài 魯菜 dishes of Shandong style

⑨ chuān 川 short for Sichuan Province　chuān cài 川菜 dishes of Sichuan style

⑩ yuè 粵 another name for Guangdong Province
yuè cài 粵菜 dishes of Guangdong style

⑪ mǐn 閩 another name for Fujian Province　mǐn cài 閩菜 dishes of Fujian style

⑫ sū 蘇 short for Jiangsu Province　sū cài 蘇菜 dishes of Jiangsu style

⑬ zhè 浙 short for Zhejiang Province　zhè cài 浙菜 dishes of Zhejiang style

⑭ xiāng 湘 another name for Hunan Province　xiāng cài 湘菜 dishes of Hunan style

⑮ huī 徽 Huizhou in Anhui Province　huī cài 徽菜 dishes for Huizhou style

A 填空

1) 中國的飲食文化歷史 ＿＿＿＿＿＿。

2) 因為每個地區的 ＿＿＿＿＿、＿＿＿＿＿、＿＿＿＿＿、＿＿＿＿＿和

＿＿＿＿＿ 不同，所以中國菜有很多流派。

3) 中國菜有 ＿＿＿＿＿＿ 菜系。

B 寫意思

1) 久 { 好久不見　悠久 }
long

2) 代 { 代表　代課 }
take the place of

3) 物 { 物產　寵物 }
thing

4) 飲 { 熱飲　冷飲 }
drink

C 翻譯

1) long history of dietary culture

2) the most representative sect

3) the climate of this region

4) the history of this region

D 上網找菜名

1) 魯菜：糖醋鯉魚（táng cù lǐ yú）、＿＿＿＿＿＿＿＿

2) 川菜：麻婆豆腐（má pó dòu fu）、＿＿＿＿＿＿＿＿

3) 粵菜：白切雞（bái qiē jī）、＿＿＿＿＿＿＿＿

4) 閩菜：鹽水蝦（yán shuǐ xiā）、＿＿＿＿＿＿＿＿

5) 蘇菜：獅子頭（shī zi tóu）、＿＿＿＿＿＿＿＿

6) 浙菜：西湖醋魚（xī hú cù yú）、＿＿＿＿＿＿＿＿

7) 湘菜：剁椒魚頭（duò jiāo yú tóu）、＿＿＿＿＿＿＿＿

8) 徽菜：椒鹽蝦仁（jiāo yán xiā rén）、＿＿＿＿＿＿＿＿

12 詞語歸類

1) 打羽毛球　2) 畫國畫　3) 打籃球　4) 活潑　5) 滑雪
6) 打乒乓球　7) 畫畫兒　8) 看電影　9) 打排球　10) 好動
11) 拉小提琴　12) 踢足球　13) 畫油畫　14) 彈鋼琴　15) 滑冰

愛好	xìng gé 性格

13 看圖寫短文

① 　② 　③

她長得不太好看。她長得有點兒胖。她的頭髮是卷髮。她的嘴很大。她穿了一條連衣裙和一雙黑皮鞋。

14 看圖寫句子

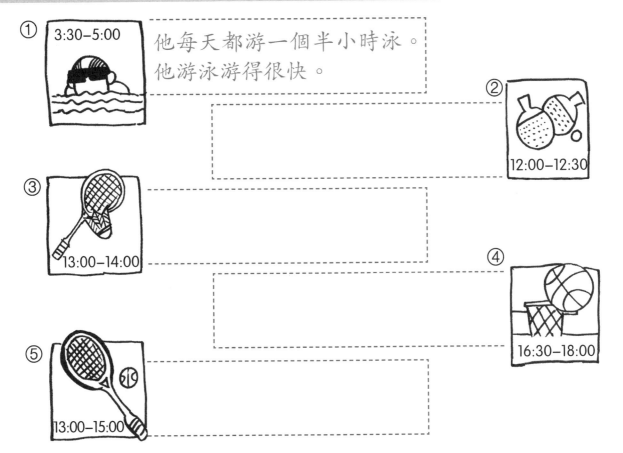

① 3:30–5:00

他每天都游一個半小時泳。
他游泳游得很快。

② 12:00–12:30

③ 13:00–14:00

④ 16:30–18:00

⑤ 13:00–15:00

15 判斷正誤

王雲 　　 李美

A
　□ 1) 王雲比李美胖。
　□ 2) 王雲的頭髮比李美的長。
　□ 3) 李美長得比王雲高。
　□ 4) 她們穿相同的衣服。

B
　□ 1) 小舒的頭髮比馬田的短。
　□ 2) 小舒的眼睛比馬田的大。
　□ 3) 小舒的 T 恤衫跟馬田的一樣。
　□ 4) 他們穿相同的鞋子。

小舒 　　 馬田

117

16 根據實際情況回答問題

1) 新學年你們一般什麼時候開學？

2) 你們一個學年有多少個星期？

3) 你們早上幾點上課？下午幾點放學？

4) 你們每天上幾節課？一節課多長時間？

5) 你們一個星期有幾節漢語課？

6) 你們學校的學生穿校服嗎？穿什麼校服？

17 造句

A 1) 起牀　洗澡　吃早飯：
　　起牀以後，我一般先洗澡，然後吃早飯。

2) 到家　看電視　做作業：　　3) 放學　打網球　回家：

B 1) 上漢語課　休息：
　　上完漢語課以後，我們休息了一刻鐘。

2) 看電影　去朋友家：　　3) 做作業　去公園：

C 1) 兩點　去朋友家：
　　兩點以後，我會去朋友家。

2) 一年　去中國工作：　　3) 兩個月　去北京上大學：

18 用所給詞語填空

> 節　隻　張　件　所　頂　副　條　個　口

1) 這 ＿＿ 帽子比那 ＿＿ 新。

2) 在我們學校，每 ＿＿ 課四十五分鐘。

3) 我們家養了兩 ＿＿ 小狗。

4) 百貨商店的對面是一 ＿＿ 學校。

5) 我昨天在商場買了一 ＿＿ 手套。

6) 我家有四 ＿＿ 人：爸爸、媽媽、姐姐和我。

7) 我今天交了一 ＿＿ 新朋友。

8) 這 ＿＿ 裙子跟我的一樣。

9) 這 ＿＿ 綠色的毛衣比那 ＿＿ 紅色的小。

10) 這 ＿＿ 桌子比那 ＿＿ 桌子貴。

19 造句

1) 滑雪　很好：
   他滑雪滑得很好。

2) 拉小提琴　特別好：

3) 打羽毛球　最好：

4) 打籃球　非常好：

5) 打乒乓球　挺好的：

6) 跳舞　很好：

1) 在你們班，誰是熱心人？

2) 在你們班，誰愛講笑話？

3) 在你們班，誰喜歡畫畫兒？

4) 在你們班，誰喜歡運動？

5) 在你們班，誰會打乒乓球？

6) 在你們班，誰和你同歲？

7) 在你們班，誰的個子比你的高？

8) 在你們班，誰的愛好跟你的一樣？

21 模仿例子寫短文

Stick a photo of anyone in your family and describe him/her.

這是我媽媽。我媽媽個子挺高的。她長得很漂亮。她眼睛大大的、鼻子高高的、嘴巴小小的。她的頭髮挺長的。她有很多愛好，比如拉小提琴、游泳、滑雪、畫油畫等等。

22 造句

1) 和……同歲：

_____

2) ……跟……一樣：

_____

3) 跟……一起：

_____

4) 又……又……：

_____

5) 雖然……，但是……：

_____

6) 因為……，所以……：

_____

23 閱讀理解

雖然今天是上中學的第一天，但是我不太擔心，因為我在這所學校有一個好朋友。

我的朋友叫王亮。王亮和我同歲。他是加拿大人，但是在香港出生的。他兩歲的時候和家人去了加拿大，五歲的時候回到香港上小學。

我和王亮上了同一所小學。我們是同班同學。那時候，每天早上我們都一起走路上學，放學以後我們也一起回家。週末，有時候我去他家玩，有時候他來我家玩。我和王亮有相同的愛好：打乒乓球。我們經常一起打乒乓球。他打乒乓球打得比我好。

回答問題：

1) 他上中學的第一天擔心嗎？為什麼？

2) 王亮是在哪兒出生的？

3) 王亮小時候在加拿大住了幾年？

4) 王亮是在哪兒上小學的？

5) 上小學的時候，他和王亮怎麼去學校？

6) 他和王亮有什麼愛好？

講一講你上中學的第一天。你要寫：

• 你是哪年、哪天開始上中學的

• 那天你去學校的時候擔心嗎

• 那天你交到新朋友了嗎

• 介紹一下這個朋友

茶

茶是世界三大飲料（茶、咖啡、可可）之一，對人的身體健康非常有益。茶也是中國的國飲。中國是世界上最早認識茶，最早種茶、飲茶的國家。中國的茶葉有很多種，有綠茶、紅茶、烏龍茶、花茶等等。

生詞

① chá 茶 tea

② yǐn 飲 drink　　yǐn liào 飲料 drink

③ kā fēi 咖啡 coffee　　④ kě kě 可可 cocoa

⑤ shēn tǐ 身體 body　　⑥ jiàn kāng 健康 health

⑦ yǒu yì 有益 beneficial

⑧ rèn shi 認識 know; understand

⑨ zhòng 種 grow

⑩ chá yè 茶葉 tea (leaves)

⑪ lǜ chá 綠茶 green tea

⑫ hóng chá 紅茶 black tea

⑬ wū lóng chá 烏龍茶 oolong tea

⑭ huā chá 花茶 scented tea

A 填空

1) 茶是世界 ＿＿＿＿ 飲料之一。

2) 世界三大飲料是 ＿＿＿＿、＿＿＿＿ 和 ＿＿＿＿。

3) 中國的茶葉有很多種，有 ＿＿＿＿、＿＿＿＿、＿＿＿＿、＿＿＿＿ 等等。

B 寫意思

1) 體 { 身體 / 體溫
body

2) 花 { 花茶 / 花園
flower

3) 種 { 種茶 / 種花
grow

4) 葉 { 茶葉 / 紅葉
leaf

C 模仿例子英譯漢

1) 例子：茶是世界三大飲料之一。
China is one of the four ancient civilizations in the world.

2) 例子：茶對人的身體健康非常有益。
Eating fruit is very good to one's health.

3) 例子：中國是世界上最早認識茶的國家。
China is the first country started drinking tea.

4) 例子：中國的茶葉有很多種，有綠茶、紅茶、烏龍茶等等。
The shop has a variety of drinks, tea, coffee and fruit juice etc.

D 看圖寫詞

① 　② 　③ 　④ 　⑤

第九課　我給朋友打電話

課文 1

1 用所給句子寫對話

①
a) 你好！

b) 王阿姨再見！

c) 好。再見！

d) 沒有急事。我明天去學校找她吧。

e) 你是家文吧？對不起，小花睡覺了。你找她有事嗎？

f) 王阿姨，您好！請問，小花在家嗎？

（家文打電話找小花）

A: _____

B: _____

A: _____

B: _____

A: _____

B: _____

②
a) 李美，我是家家。星期五我們學校有音樂會。你想去嗎？

b) 晚上七點半。

c) 真的嗎？音樂會幾點開始？

d) 好。再見！

e) 我不知道媽媽讓不讓我去。我先問問她，然後打電話告訴你吧！

f) 沒問題！我等你的電話。

（家家給李美打電話）

A: _____

B: _____

A: _____

B: _____

A: _____

B: _____

2 選擇

a) 給 for　b) 給 to

1) 醫生 ___ 弟弟看了病，還 ___ 他開了一張病假條。

2) 護士 ___ 弟弟量了體溫。

3) 媽媽 ___ 老師發了電郵。

4) 我每個星期天都 ___ 我的小狗洗澡。

5) 你可以今天晚上 ___ 他打電話。

6) 奶奶每天都 ___ 我們做晚飯。

3 翻譯

① 媽媽叫我多看書，少看電視。

② Dad asks me to do more sports.

③ 請讓他給我打電話。

④ Please ask him to send me an E-mail.

⑤ 請告訴她我晚上八點回來。

⑥ Please tell the teacher that he is sick today.

⑦ 請告訴我你家的電話號碼。

⑧ Please tell me your name and mobile phone number.

4 組詞

1) 電 ___　　2) 問 ___　　3) 告 ___　　4) 知 ___　　5) 已 ___

6) 滑 ___　　7) 擔 ___　　8) 漂 ___　　9) 相 ___　　10) 個 ___

5 配對

□ 1) 你知道他幾點回來嗎？   a) 他要去超市買一點兒東西。

□ 2) 你知道他要去哪兒嗎？   b) 不知道。你去問問田月吧！

□ 3) 你知道他明天怎麼來嗎？   c) 他可能會坐出租車來。

□ 4) 你知道他的電話號碼嗎？   d) 他晚上十點左右回來。

□ 5) 你知道我養了兩隻狗嗎？   e) 知道。他今年要去美國上大學。

□ 6) 你知道他要上大學了嗎？   f) 不知道。你是什麼時候開始養寵物的？

6 用所給詞語填空

> 找　　告訴　　回來　　説好　　讓　　發

1) 請 _____ 我他的手機號碼。   4) 他什麼時候 _____ ？

2) 請 _____ 他給我打電話。   5) 我們 _____ 今天晚上去看電影。

3) 你 _____ 他有急事嗎？   6) 你可以給他 _____ 電郵。

7 完成對話

1) A: _____

     B: 小英子不在家。你是哪一位？

2) A: _____

     B: 沒問題！他回來以後，我告訴他

3) A: 你找她有事嗎？

     B: _____

4) A: 他什麼時候回來？

     B: _____

8 連詞成句

1) 找 / 有 / 老師 / 你 / 急事 / 。→ _____

2) 讓 / 電郵 / 請 / 發 / 給我 / 他 / 。→ _____

3) 電影院 / 去 / 她 / 看電影 / 常 / 。→ _____

4) 夜間 / 可能 / 小雨 / 有 / 明天 / 。→ _____

9 閱讀理解

天明：媽媽，你給我打電話，有急事嗎？

媽媽：沒有急事。你現在在哪兒？你回家了嗎？

天明：我還在學校。放學以後，我和同學打了一會兒籃球。我現在就回家。

媽媽：你跟弟弟在一起嗎？

天明：對。我們倆會一起回家。

媽媽：你爸爸出差還沒回來。我在公司的工作還沒做完，所以今天會晚一點兒回家。你們倆晚飯去奶奶家吃吧！

天明：那你幾點回家？

媽媽：我不知道，可能九點，也可能十點。如果你有事，給我打電話。

天明：好。再見！

判斷正誤：

☐ 1) 媽媽找天明有急事。

☐ 2) 天明已經到家了。

☐ 3) 天明會跟弟弟一起回家。

☐ 4) 爸爸今天不在家。

☐ 5) 媽媽現在還在公司。

☐ 6) 媽媽下班以後會給天明和弟弟做晚飯。

☐ 7) 媽媽今天晚上八點左右回家。

☐ 8) 如果有問題，天明可以給媽媽打電話。

放學以後，弟弟覺得不舒服。你給媽媽打電話，讓她馬上回家。寫一個對話。你要寫：

• 弟弟覺得哪兒不舒服

• 他是什麼時候開始覺得不舒服的

• 你們中午吃了什麼，喝了什麼

• 你想讓媽媽早點兒回家

中國書畫

國畫有水墨畫和彩墨畫兩種，主要畫人物、山水和花鳥。從畫法上，國畫分工筆畫和寫意畫兩大類。國畫上除了畫兒，一般還有用漂亮的書法寫的詩句。筆、墨、紙、硯是中國人畫國畫、寫毛筆字的重要工具。它們被稱為文房四寶。

生詞

shū huà
❶ 書畫 painting and calligraphy

shuǐ mò huà
❷ 水墨畫 ink and wash painting

cǎi mò huà
❸ 彩墨畫 ink and colour painting

rén wù
❹ 人物 figure

shān shuǐ
❺ 山水 landscape

huā niǎo
❻ 花鳥 flowers and birds

huà fǎ
❼ 畫法 technique of painting or drawing

gōng bǐ huà
❽ 工筆畫 drawing made with fine strokes

xiě
❾ 寫 write

xiě yì huà
寫意畫 freehand brushwork aiming at expressing the author's impression

chú le
❿ 除了 besides

shū fǎ
⓫ 書法 calligraphy

shī jù
⓬ 詩句 verse

bǐ
⓭ 筆 pen

mò
⓮ 墨 ink stick

zhǐ
⓯ 紙 paper

yàn
⓰ 硯 inkstone

máo bǐ
⓱ 毛筆 writing brush

gōng jù
⓲ 工具 tool

wén fáng sì bǎo
⓳ 文房四寶 the four treasures of the study

A 填空

1) 國畫有 _____ 和 _____ 兩種。

2) 國畫主要畫 _____ 、 _____ 和 _____ 。

3) 從畫法上，國畫分 _____ 和 _____ 兩大類。

4) 中國人畫國畫、寫毛筆字要用 _____ 、 _____ 、 _____ 、 _____ 。

B 寫意思

1) 文 $\begin{cases} 文房四寶 \\ 文人 \end{cases}$
literature

2) 畫 $\begin{cases} 水墨畫 \\ 寫意畫 \end{cases}$
drawing;
painting

3) 具 $\begin{cases} 工具 \\ 玩具 \end{cases}$
tool

4) 筆 $\begin{cases} 毛筆 \\ 筆名 \end{cases}$
pen

C 模仿例子英譯漢

1) 例子：國畫主要畫人物、山水和花鳥。

Fast food mainly includes hotdogs, sandwiches and pizzas.

2) 例子：國畫上除了畫兒，一般還有詩句。

Besides novels, there are also magazines on the bookshelf.

D 看圖寫詞

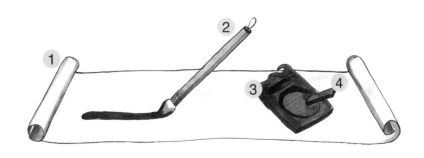

1) _____   2) _____   3) _____   4) _____

12 用所給詞語填空

穿
戴
帶

1) 你們學校的學生 ＿＿＿ 校服嗎？

2) 週末你喜歡 ＿＿＿ 什麼衣服？

3) ＿＿＿ 帽子的那個人是誰？

4) 我今天 ＿＿＿ 了圍巾和手套，所以我不覺得冷。

5) 我生病了，媽媽 ＿＿＿ 我去了醫院。

6) 我 ＿＿＿ 這條連衣裙，＿＿＿ 哪頂帽子好看？

7) 今天晚上我們要去飯店吃飯，你不能 ＿＿＿ 牛仔褲。

8) 我每天晚上都 ＿＿＿ 狗去散步。

13 選擇

a) 過 guo indicate an experience   b) 過 guò spend (time)

1) 你戴 ＿＿＿ 這頂帽子嗎？

2) 我學 ＿＿＿ 拉小提琴。

3) 寒假你打算在哪兒 ＿＿＿ ？

4) 我小時候去 ＿＿＿ 北京。

5) 今年的生日你打算怎麼 ＿＿＿ ？

6) 去年暑假我是在外婆家 ＿＿＿ 的。

14 填空

1) 一 ＿＿ 電影　　2) 一 ＿＿ 樓房　　3) 一 ＿＿ 帽子　　4) 一 ＿＿ 狗

5) 一 ＿＿ 手套　　6) 一 ＿＿ 襪子　　7) 一 ＿＿ 律師　　8) 一 ＿＿ 漢語課

9) 一 ＿＿ 耳機　　10) 一 ＿＿ 褲子　　11) 一 ＿＿ 裙子　　12) 一 ＿＿ 運動服

13) 一 ＿＿ 襯衫　　14) 一 ＿＿ 卧室　　15) 一 ＿＿ 醫院　　16) 一 ＿＿ 病假條

15 看圖寫句子

① 玩　7月8日–7月10日

他們在北京玩了三天。

② 病　3月1日–3月3日

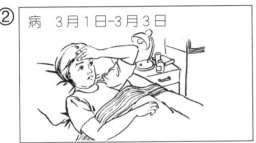

_____

③ 打電話　16:30–16:50

_____

④ 拉小提琴　15:15–15:45

_____

⑤ 散步　14:00–15:00

_____

⑥ 放假　七月–八月

_____

16 翻譯

1) 今年暑假我們要去北京。

_____

2) 你應該先給他打一個電話。

_____

3) 爸爸下個月可能去上海出差。

_____

4) 已經十點了，你得回家了。

_____

5) 你明天會去報名嗎？

_____

6) 我想去朋友家玩，可以嗎？

_____

17 用所給分句完成句子

> a) 你可以上一會兒網。　　d) 你可以給他發電郵。
>
> b) 你可以給我打電話。　　e) 你得戴帽子和圍巾。
>
> c) 你得趕快報名。

1) 如果你想去北京大學學漢語，_____

2) 如果你已經做完作業了，_____

3) 今天很冷。如果你要出去，_____

4) 如果你有急事，_____

5) 如果你想知道為什麼他沒來上學，_____

18 根據實際情況回答問題

1) 你們學校一年有幾個假期？

2) 你們一般什麼時候開始放暑假？

3) 暑假你一般做什麼？

4) 今年暑假你打算怎麼過？

5) 寒假你們一般放幾個星期？

6) 寒假你一般在哪兒過？

7) 你去過北京嗎？你是什麼時候去的？

8) 明年寒假你會去北京嗎？你打算去那裏做什麼？

19 選擇

| a) 得 (de) a particle | b) 得 (děi) have to |

1) 哥哥打網球打 ＿＿＿ 特別好。

2) 你 ＿＿＿ 少吃肉，多吃菜。

3) 你 ＿＿＿ 在家休息兩天。

4) 他打羽毛球打 ＿＿＿ 挺好的。

5) 今年寒假我過 ＿＿＿ 很高興。

6) 他在這裏玩 ＿＿＿ 很開心。

7) 你到學校以後 ＿＿＿ 給她打一個電話。

8) 他長 ＿＿＿ 非常漂亮。

9) 如果你想去北京，你 ＿＿＿ 趕快報名。

10) 我 ＿＿＿ 趕快給她回電郵。

20 翻譯

① 今年暑假我打算去上海過。

② Where do you plan to go for your winter holidays?

③ 如果我有一個星期的假期，我想去西安。

④ If you go to China, you should visit Beijing.

⑤ 如果你想參加課外活動，你得趕快報名。

⑥ If you want to go to Beijing to study Chinese, you have to register quickly.

⑦ 我打算和哥哥一起去香港玩十天。

⑧ I am planning to stay with my grandma for two weeks.

北京的天氣

北京一年有四個季節：春、夏、秋、冬。

北京的春天常颱風，很少下雨。北京的夏天很熱，常常是晴天，不常下雨。北京的秋天天氣最好，不冷也不熱。北京的冬天很冷，但是不常下雪。

我很喜歡北京，但是不喜歡北京的天氣。因為北京的夏天太熱了，冬天太冷了。

＿＿＿＿ 的天氣

＿＿＿＿＿＿＿＿＿＿＿

＿＿＿＿＿＿＿＿＿＿＿

＿＿＿＿＿＿＿＿＿＿＿

＿＿＿＿＿＿＿＿＿＿＿

＿＿＿＿＿＿＿＿＿＿＿

＿＿＿＿＿＿＿＿＿＿＿

＿＿＿＿＿＿＿＿＿＿＿

---

22 配對

① 她穿連衣裙和黑皮鞋。她的個子不太高。她有漂亮的卷髮。

② 他穿白色的襯衫、黑色的毛衣和白色的運動鞋。他的頭髮不長。

③ 他穿白色的襯衫、灰色的長褲和黑色的皮鞋。他長得很高。

④ 她穿白色的襯衫、黑色的短裙和黑色的皮鞋。她的頭髮不長也不短。

23 組詞

1) 放假→ _____　　2) 報名→ _____　　3) 相同→ _____

4) 比如→ _____　　5) 天氣→ _____　　6) 中國→ _____

7) 已經→ _____　　8) 親愛→ _____　　9) 地方→ _____

10) 小時→ _____　　11) 廚房→ _____　　12) 炒麵→ _____

24 閱讀理解

親愛的李樂：

　　你好！

　　我看到你的電郵了。我們學校十二月二十號開始放寒假。

　　這個假期你真的會去北京大學學漢語嗎？我覺得我也應該去，但是我不喜歡寒冷的天氣，所以我打算明年暑假去北京。那時候爸爸媽媽可以跟我一起去。

　　這個假期我們一家人會去新加坡度假。聽説新加坡有很多好玩的地方。我們打算在那裏待十天。

　　你回來以後給我打電話吧！

祝你玩得開心！

小雨

回答問題：

1) 小雨的學校哪天開始放寒假？

2) 他打算什麼時候去北京？

3) 他會跟誰一起去北京？

4) 他這個寒假打算去哪裏？

5) 他會在那裏待多長時間？

6) 他讓李樂回來以後做什麼？

給你的朋友寫一封電郵。你要寫：

• 你的學校什麼時候開始放寒假

• 你想去北京學漢語嗎

• 你打算這個寒假去北京還是明年暑假去北京

• 你這個寒假會去哪兒，會跟誰一起去，會去幾個星期

26 閱讀理解

風箏

中國是風箏的故鄉。風箏在中國有兩千多年的歷史。風箏的形狀主要是模仿大自然中的生物，比如雀鳥、昆蟲、動物等等。風箏一般是用紙、絲絹、尼龍布做的，風箏的骨架一般是用竹子做的。春天是放風箏的好季節。

生詞

fēng zheng
❶ 風箏 kite

gù xiāng
❷ 故鄉 native place; hometown

xíng zhuàng
❸ 形狀 shape; form

mó fǎng
❹ 模仿 imitate

dà zì rán
❺ 大自然 nature

shēng wù
❻ 生物 living things

què
❼ 雀 sparrow

niǎo
❽ 鳥 bird

kūn chóng
❾ 昆蟲 insect

dòng wù
❿ 動物 animal

sī
⓫ 絲 silk

juān
⓬ 絹 thin, tough silk

ní lóng
⓭ 尼龍 nylon

bù
⓮ 布 fabric

gǔ jià
⓯ 骨架 skeleton; framework

zhú zi
⓰ 竹子 bamboo

A 填空

1) 中國是風箏的 _____。風箏在中國有 _____ 年的歷史。

2) 風箏的形狀主要是模仿大自然中的 _____。

3) 風箏一般是用 _____、_____、_____ 做的，風箏的骨架一般
是用 _____ 做的。

4) _____ 是放風箏的好季節。

B 寫意思

1) 絲
silk
{ 真絲圍巾
絲絹

2) 鄉
native place
{ 故鄉
家鄉

3) 骨
bone
{ 豬骨湯
骨架

C 模仿例子英譯漢

1) 例子：中國是風箏的故鄉。
Shanghai is my hometown.

2) 例子：風箏有兩千多年的歷史。
Our school has more than 100 years of history.

3) 例子：風箏的骨架一般是用竹子做的。
Writing brushes are used to paint Chinese paintings.

4) 例子：春天是放風箏的好季節。
Winter is a good season for skiing.

D 看圖寫詞

①

②

③

④

⑤

⑥

⑦

⑧

第三單元　複　習

第七課

課文 1　設施　附近　地方　公園　籃球場　足球場　網球場　滑冰場　商場
廁所　那兒　那裏　商店　超市　書店　服裝店　電影　電影院　買
好看　貴　可是

課文 2　收件人　發件人　主題　百貨商店　地鐵站　隔壁　市中心　方便
路　巴士　分鐘　遠　離　中間　就

第八課

課文 1　交朋友　真　同班　同歲　比　卷髮　一樣　跟　拉小提琴　水彩畫
國畫　油畫　打排球　特別　講笑話　啊

課文 2　學年　開學　第一　擔心　節　完　已經　成　加拿大　漂亮　個子
直　熱心　相同　打羽毛球　打乒乓球　滑雪

第九課

課文 1　位　找　事　急事　回來　部　倆　告訴　要　知道　沒問題
打電話　給　發電郵

課文 2　親愛　假期　度假　寒冷　寒假　暑假　打算　過　北京大學　待
應該　參觀　遊覽　得　趕快　報名　天天　戴　回電郵

句型：

1) 我家離爸爸的公司不遠。

2) 媽媽坐 28 路巴士上班，十五分鐘就到了。

3) 她的頭髮比我的長。

4) 她長得比我高。

5) 她的愛好跟我的一樣。

6) 上完漢語課以後，我們一起去上英語課。

7) 她長得很漂亮。

8) 她滑雪滑得挺好的。

9) 我們倆說好後天去看一部新電影。

10) 你可以給她發電郵。

問答：

1) 你們家附近有什麼公共設施？ 我們住的地方附近有一個大公園。公園裏有游泳池、滑冰場、籃球場、足球場、網球場和公共廁所。我們那兒還有一個大商場。

2) 商場裏有什麼商店？ 有超市、飯店、書店、服裝店、鞋店等等。商場裏還有一家電影院和一家寵物診所。

3) 你常去那個商場嗎？ 對。我常去那裏的電影院看電影，去書店看書、買書。

4) 你在那個商場買過衣服嗎？ 沒買過。雖然那裏的衣服好看，可是非常貴。

5) 媽媽，我今天交了一個新朋友。 真的嗎？我真為你高興！

6) 你的新朋友是不是你的同班同學？ 對。她和我同班，還和我同歲。

7) 你什麼時候請她來我家玩？ 這個週末，行嗎？

8) 請問，小英子在家嗎？ 她不在家。你是哪一位？

9) 你找她有事嗎？ 沒有急事。

10) 她什麼時候回來？ 她去北京看奶奶了，後天回來。

1 找同類詞語填空

1) 打籃球 ＿＿＿＿ ＿＿＿＿ ＿＿＿＿

2) 足球場 ＿＿＿＿ ＿＿＿＿ ＿＿＿＿

3) 服裝店 ＿＿＿＿ ＿＿＿＿

4) 中間 ＿＿＿＿ ＿＿＿＿

5) 國畫 ＿＿＿＿ ＿＿＿＿

2 用所給詞語填空

> 交　戴　上　教　找　發　放　待　買　穿

1) 北京的冬天非常冷，得天天 ＿＿＿ 帽子、圍巾和手套。

2) 你們學校什麼時候開始 ＿＿＿ 寒假？

3) 我每天都給姐姐 ＿＿＿ 電郵。

4) 我沒在那裏 ＿＿＿ 過東西。

5) 你不應該 ＿＿＿ 牛仔褲上班。

6) 他爸爸在北京大學 ＿＿＿ 漢語。

7) 今天我們 ＿＿＿ 的第一節課是英語課。

8) 開學的第一天我就 ＿＿＿ 到了一個朋友。

9) 他打算在西安 ＿＿＿ 一個月。

10) 她在家嗎？我 ＿＿＿ 她有急事。

3 組詞

①

	□
□	髮

②

學	□

③

	□
□	假

④

商	□

⑤

	□
□	園

⑥

□	書

⑦

同	□

⑧

電	□

4 連詞成句

1) 同學 / 是 / 同班 / 我的 / 他 / 。→ _____

2) 去 / 說好 / 滑冰 / 我們倆 / 今天 / 。→ _____

3) 愛 / 還 / 打籃球 / 很 / 他 / 。→ _____

4) 近 / 地鐵站 / 我家 / 很 / 離 / 。→ _____

5) 巴士 / 媽媽 / 都 / 坐 / 上班 / 每天 / 。→ _____

6) 要 / 日本 / 我 / 去 / 度假 / 。→ _____

5 根據實際情況回答問題

1) 你的好朋友叫什麼名字？　　5) 你家附近有什麼公共設施？

2) 他 / 她是你的同班同學嗎？　　6) 你常去大商場買衣服嗎？

3) 他 / 她長什麼樣？　　7) 你經常給朋友發電郵嗎？

4) 他 / 她有什麼愛好？　　8) 這個假期你打算怎麼過？

6 寫反義詞

1) 樓上→ _____　2) 近→ _____　3) 裏面→ _____　4) 後面→ _____

5) 左邊→ _____　6) 熱→ _____　7) 上面→ _____　8) 以前→ _____

7 造句

1) 這條裙子　比：　　2) 愛好　……跟……一樣：

_____　　_____

3) 出生　長大：　　4) 放學　已經：

_____　　_____

8 翻譯

1) Please tell her that I will come back the day after tomorrow.

_____

2) When does your summer vacation start?

_____

3) I will call him at eight o'clock tonight.

_____

4) The school is not far from my home. It only takes ten minutes by foot.

_____

5) My younger brother especially likes cracking jokes.

_____

6) The clothes shop is next to the cinema.

_____

9 用所給句子完成對話

a) 怎麼報名？

b) 那我們現在就報名吧！

c) 我就是。什麼事？

d) 我媽媽也讓我去。大概什麼時候去？

e) 好吧！那你一會兒再給我打電話吧！

f) 好。我奶奶住在北京。我們可以住在她家。

A: 你好！我是王星。請問，李明在家嗎？

B: _____

A: 暑假我打算去北京大學學漢語。你去不去？

B: _____

A: 7 月 20 號。我們可以在那裏待兩個星期。

B: _____

A: 太好了！我們趕快報名吧！

B: _____

A: 我們可以上網報名。

B: _____

A: 等一等。我得先告訴我爸爸媽媽。

B: _____

親愛的小文：

　　你好！

　　我上個星期跟媽媽去上海了。我們在那兒待了六天。

　　在上海的時候，我們住在外婆家。外婆家在上海市中心，非常方便。外婆每天都給我們做飯。她做的蒸魚特別好吃。外公經常跟我一起打乒乓球。他打得比我好。外公還教我畫國畫。我現在會畫貓和魚了。外婆家養了一隻小狗，非常可愛。我晚上常常帶牠去散步。

　　我非常喜歡上海，但是上海的天氣有點兒熱，我不太習慣。

祝好！

小琴

回答問題：

1) 小琴在上海待了多長時間？

2) 她在上海的時候住在哪兒？

3) 她外婆做的什麼菜特別好吃？

4) 她外公打乒乓球打得怎麼樣？

5) 外公教她做什麼？

6) 外婆家養了什麼寵物？

7) 小琴喜歡上海嗎？

11 寫短文

你想請國外的朋友來你家過暑假／寒假。給他／她寫一封信。

你要寫：

• 他／她可以什麼時候來

• 你們可以去哪兒玩

• 他／她應該帶什麼衣服

第十課　我的新學校

課文1

1 判斷正誤

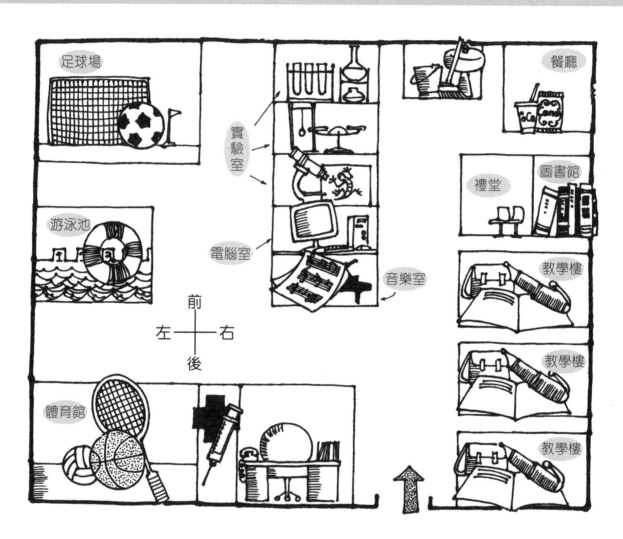

□ 1) 足球場在游泳池後面。

□ 2) 體育館的右邊是實驗室。

□ 3) 禮堂的隔壁是圖書館。

□ 4) 這所學校有三幢教學樓。

□ 5) 這所學校有兩間實驗室。

□ 6) 電腦室在音樂室旁邊。

□ 7) 這所學校有兩個餐廳。

□ 8) 這所學校沒有體育館。

□ 9) 電腦室的左邊是教學樓。

□ 10) 圖書館的對面是餐廳。

2 填空

1) 我去醫院 _看病_ 。

2) 我去體育館 _____ 。

3) 我去教學樓 _____ 。

4) 我去餐廳 _____ 。

5) 我去商場 _____ 。

6) 我去圖書館 _____ 。

7) 我去電影院 _____ 。

8) 我去足球場 _____ 。

3 用所給詞語填空

怎麼　多長時間　為什麼　怎麼樣　什麼樣　多少度　什麼時候　什麼

1) 你是從 _____ 開始發燒的？

2) 今天最高氣溫 _____ ？

3) 你的漢語老師長 _____ ？

4) 你昨天 _____ 沒去報名？

5) 你們學校有 _____ 設施？

6) 你每天彈 _____ 鋼琴？

7) 你打算 _____ 去北京？

8) 他拉小提琴拉得 _____ ？

4 翻譯

1) There are over 1,000 students in our school.

_____

2) Winter in Hong Kong is not very cold. The temperature is around 13 degrees.

_____

3) We will stay in Shanghai for about two months.

_____

4) I go to bed at around 10 p.m. every night.

_____

5) He played the piano for around 2 hours today.

_____

6) There are more than 60 shops in this mall.

_____

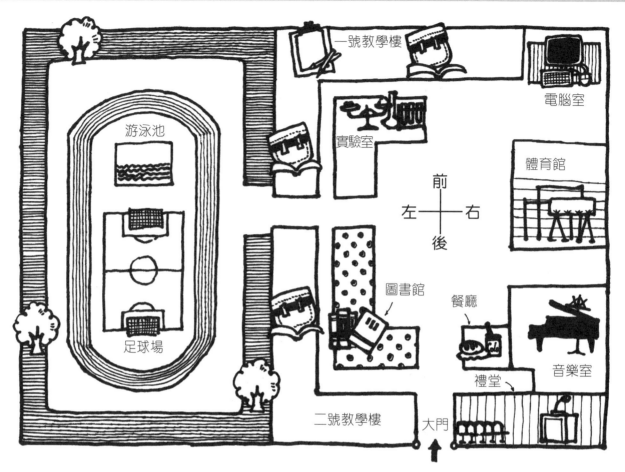

　　學校大門 ＿＿＿＿＿ 是二號教學樓，＿＿＿＿＿ 是禮堂。禮堂

＿＿＿＿＿ 是餐廳和音樂室。音樂室的 ＿＿＿＿＿ 是體育館。體育館的

＿＿＿＿＿ 是電腦室。餐廳的 ＿＿＿＿＿ 是圖書館。圖書館的 ＿＿＿＿＿

是實驗室。實驗室的 ＿＿＿＿＿ 是一號教學樓。學校裏還有 ＿＿＿＿＿

和游泳池。

6 寫反義詞

1) 熱 → ＿＿＿　　　2) 矮 → ＿＿＿　　　3) 長 → ＿＿＿　　　4) 早 → ＿＿＿

5) 陰 → ＿＿＿　　　6) 送 → ＿＿＿　　　7) 遠 → ＿＿＿　　　8) 低 → ＿＿＿

9) 西 → ＿＿＿　　　10) 內 → ＿＿＿　　　11) 卷 → ＿＿＿　　　12) 寒 → ＿＿＿

7 根據實際情況回答問題

1) 你們學校是國際學校嗎？

2) 你們學校有多少個學生？

3) 你們學校有什麼設施？

4) 你經常用學校的哪些設施？

5) 你家離學校遠嗎？你每天怎麼上學？

6) 你每天上幾節課？一節課多長時間？

8 閱讀理解

王家英在一所英國國際學校上學。他的學校叫新明學院，是一所男校。

新明學院挺大的。學校裏有教學樓、禮堂、餐廳、圖書館、體育館、籃球場、足球場、操場、室外游泳池等設施。學校有一千五百多個學生，一百多位老師。

家英每天早上八點到學校。他們早上八點一刻開始上課，下午三點半放學。他們一天上五節課，每節課六十五分鐘。他們的午飯時間是一個小時。

家英今年參加了三個課外活動：打籃球、踢足球和游泳。

回答問題：

1) 家英的學校叫什麼名字？

2) 他們學校有女生嗎？

3) 他們學校裏有沒有網球場？

4) 他們學校裏有沒有游泳池？

5) 他們學校大約有多少個學生？

6) 家英每天早上幾點到學校？下午幾點放學？

7) 他每天上幾節課？一節課多長時間？

8) 他喜歡運動嗎？

畫出你的學校，然後介紹一下。你要寫：

- 你們學校是一所什麼樣的學校
- 你們學校有多少個學生，有多少位老師
- 你們學校有什麼設施，你經常用哪些設施
- 你們幾點開始上課，幾點放學
- 你們每天上幾節課，一節課多長時間
- 你今年參加了什麼課外活動

10 閱讀理解

長江和黃河

　　長江是中國和亞洲第一大河，世界第三大河。長江全長六千三百多公里，在上海流入東海。黃河是中國第二大河。黃河全長五千四百多公里，在山東流入渤海。長江和黃河是中華文化的搖籃，被叫作"母親河"。

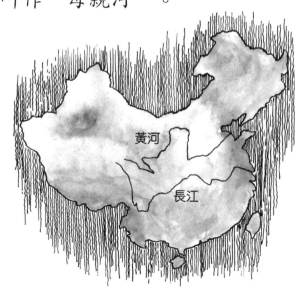

生詞
❶ 長江 *cháng jiāng* the Yangtze River
❷ 河 *hé* river　黃河 *huáng hé* the Yellow River
❸ 亞洲 *yà zhōu* Asia
❹ 全長 *quáncháng* full length
❺ 流 *liú* flow
❻ 入 *rù* enter
❼ 東海 *dōng hǎi* the East China Sea
❽ 山東 *shān dōng* Shandong Province
❾ 渤海 *bó hǎi* the Bohai Sea
❿ 搖籃 *yáo lán* cradle
⓫ 叫作 *jiào zuò* be called
⓬ 母親 *mǔ qīn* mother

A 填空

1) 長江是 ＿＿＿＿＿＿ 和 ＿＿＿＿＿＿ 第一大河，＿＿＿＿＿＿ 第三大河。

2) 長江全長 ＿＿＿＿＿＿ 公里，在 ＿＿＿＿＿＿ 流入東海。

3) 黃河是中國 ＿＿＿＿＿＿，全長 ＿＿＿＿＿＿ 公里。

4) 長江和黃河是 ＿＿＿＿＿＿ 的搖籃，被叫作 "＿＿＿＿＿＿"。

B 寫意思

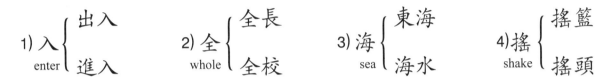

1) 入
enter
{ 出入
{ 進入

2) 全
whole
{ 全長
{ 全校

3) 海
sea
{ 東海
{ 海水

4) 搖
shake
{ 搖籃
{ 搖頭

C 模仿例子英譯漢

1) 例子：長江是世界第三大河。
China is the world's third biggest country.

2) 例子：長江全長六千三百多公里。
There are over 2,000 students in our shcool.

D 填字母

☐ 1) 中國

☐ 2) 印度

☐ 3) 馬來西亞

☐ 4) 新加坡

☐ 5) 日本

11 判斷正誤

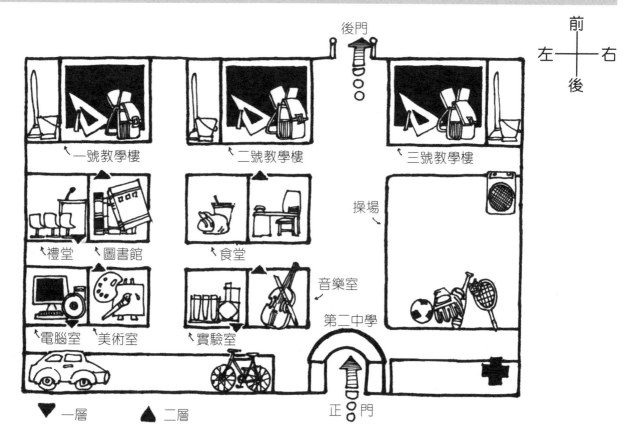

後門

前
左 ┼ 右
後

一號教學樓　二號教學樓　三號教學樓

操場

禮堂　圖書館　食堂

音樂室

電腦室　美術室　實驗室

第二中學

正門

▼ 一層　▲ 二層

□ 1) 這是一所小學。

□ 2) 這所學校有三幢教學樓。

□ 3) 這所學校沒有游泳池。

□ 4) 圖書館在禮堂對面。

□ 5) 實驗室在音樂室樓下。

□ 6) 操場的後面是三號教學樓。

□ 7) 美術室在電腦室樓上。

□ 8) 二號教學樓在後門的左邊。

12 圈出正確的漢字

1) (體) / 滑 育館在食堂旁邊。

2) 你得趕快服 / 報 名。

3) 我午飯一船 / 般 吃中餐。

4) 張啊 / 阿 姨不在家。

5) 學校裏到虎 / 處 都是花草樹木。

6) 最近 / 進 我們搬家了。

7) 我們學校是一所親 / 新 學校。

8) 實 / 賣 驗室在二層。

13 用所給詞語填空

對……好	又……又……	是……的	因為……，所以……
……跟……一樣	太……了	……的時候	跟……一起

1) 今年暑假我打算 _____ 朋友 _____ 去北京學漢語。

2) _____ 我們學校是一所新學校， _____ 學生還不太多。

3) 昨天下午我跑步 _____ 下雨了。

4) 這條連衣裙只賣五十塊， _____ 便宜 _____ 。

5) 我們學校的老師和同學都 _____ 我特別 _____ 。

6) 我家的小狗 _____ 聰明 _____ 可愛。

7) 你新買的書包 _____ 我的 _____ 。

8) 你爸爸 _____ 什麼時候去北京出差 _____ ？

14 根據實際情況回答問題

1) 你們學校是走讀學校嗎？

2) 你們學校是男女同校嗎？

3) 你們學校的校園大不大？有幾幢教學樓？

4) 你們學校有游泳池嗎？是室內游泳池還是室外游泳池？

5) 你們學校有食堂嗎？食堂賣什麼飯菜？

6) 你午飯一般吃什麼？喝什麼？

7) 學校的老師對你好嗎？

8) 你在學校有幾個好朋友？你們經常一起做什麼？

王英：

　　你好！

　　我們學校是一所美國國際學校。學校的校園不大，但是到處都是花草樹木，非常美。

　　我們學校是一所走讀學校，有八百多個學生，六十多位老師。我們班有二十五個學生。他們都非常友好。我的教室在三號教學樓的五層。三號教學樓的一層是食堂。我每天都去那裏吃午飯。食堂賣中式飯菜，也賣西式飯菜。那裏的飯菜挺便宜的。

　　我最喜歡星期三，因為我們星期三下午不上課，中午一點就放學了。我星期三下午會參加兩個課外活動：打籃球和畫畫兒。

祝好！

圓圓

回答問題：

1) 圓圓的學校大嗎？漂亮嗎？

2) 她的學校一共有多少位老師？多少個學生？

3) 她的教室在哪兒？

4) 她在哪兒吃午飯？

5) 學校食堂賣什麼飯菜？

6) 食堂的飯菜貴嗎？

7) 她為什麼喜歡星期三？

8) 她星期三下午做什麼？

16 找同類詞語填空

1) 禮堂 ＿＿＿＿＿ ＿＿＿＿＿

2) 聰明 ＿＿＿＿＿ ＿＿＿＿＿

3) 滑雪 ＿＿＿＿＿ ＿＿＿＿＿

4) 前面 ＿＿＿＿＿ ＿＿＿＿＿

5) 咳嗽 ＿＿＿＿＿ ＿＿＿＿＿

6) 下雨 ＿＿＿＿＿ ＿＿＿＿＿

17 連詞成句

1) 經常 / 去 / 我 / 看書 / 圖書館 / 。→ _____

2) 大約 / 用 / 要 / 路上 / 半個鐘頭 / 。→ _____

3) 花草樹木 / 校園裏 / 到處 / 是 / 都 / 。→ _____

4) 放假 / 我們學校 / 開始 / 二十號 / 。→ _____

5) 過 / 今年寒假 / 怎麼 / 打算 / 你 / ？→ _____

6) 兩個月 / 已經 / 了 / 有 / 我 / 到這所學校 / 。

→ _____

18 翻譯

① 我請了好幾個朋友來參加我的生日會。

② 我昨天給他打了好幾個電話。

③ 她感冒了好幾天。

④ 我在上海工作了好幾年。

⑤ I have made quite a few new friends.

⑥ He bought quite a few pairs of shoes.

⑦ Our school has quite a few teaching blocks.

⑧ I stayed in Beijing for quite a few days.

四層
三層
二層
一層

這幢教學樓一共有四層。

_____

_____

_____

_____

_____

_____

_____

_____

_____

_____

_____

20 完成句子

1) 我午飯總是 _____

2) 我們學校 _____

3) 學校食堂 _____

4) 我們學校的老師和同學 _____

5) 今年暑假 _____

21 寫反義詞

1) 買→ ＿＿＿

2) 近→ ＿＿＿

3) 低→ ＿＿＿

4) 便宜→ ＿＿＿

5) 來→ ＿＿＿

6) 接→ ＿＿＿

7) 進→ ＿＿＿

8) 室外→ ＿＿＿

9) 陰→ ＿＿＿

10) 胖→ ＿＿＿

11) 前→ ＿＿＿

12) 樓上→ ＿＿＿

22 閱讀理解

夏雲：

你好！

你好像很喜歡你的新學校。我真為你高興。

我在新學校也交了好幾個朋友，有英國人、美國人、中國人等等。我們學校的食堂也賣中式飯菜和西式飯菜。我午飯一般吃中式飯菜，有時候會從家裏帶三明治去學校。

我最近挺忙的，每天都有很多作業。我差不多每天都要做兩個小時作業。我從這個月開始學打網球。我每個星期六都打兩個小時網球。

我們學校十二月二十號開始放寒假。我們一家人可能會去北京看我外公外婆。

祝好！

秋月

回答問題：

1) 秋月在新學校有朋友嗎？

2) 她的學校食堂賣什麼飯菜？

3) 她午飯吃什麼？

4) 她最近忙嗎？為什麼？

5) 她哪天去打網球？打多長時間？

6) 她的學校什麼時候開始放寒假？

7) 她這個寒假打算怎麼過？

給你的朋友寫一封電郵。你要寫：

- 你們學校的校園、設施
- 學校的食堂賣什麼飯菜，你午飯一般吃什麼
- 你最近忙不忙
- 你今年參加了什麼課外活動
- 這個假期你打算怎麼過

中國名勝

中國有很多名山大川、名勝古跡。最有名的景點有萬里長城、北京故宮、西安兵馬俑、蘇州園林、承德避暑山莊、安徽黃山、長江三峽、杭州西湖、桂林山水、台灣日月潭等等。每年都有成千上萬的遊客到中國旅遊。

生詞

míng shèng
❶ 名勝 a place famous for its scenery or historical relics

míng shān dà chuān
❷ 名山大川 famous mountains and great rivers

jǐng diǎn
❸ 景點 scenic spot

wàn lǐ chángchéng
❹ 萬里長城 the Great Wall

bīng mǎ yǒng
❺ 兵馬俑 terra-cotta warriors and horses

sū zhōu
❻ 蘇州 Suzhou

yuán lín
❼ 園林 gardens

chéng dé bì shǔ shānzhuāng
❽ 承德避暑山莊
Qing Emperor's Summer Mountain Resort in Chengde

ān huī
❾ 安徽 Anhui

huáng shān
❿ 黃山 Huangshan Mountain

cháng jiāng sān xiá
⓫ 長江三峽 the Three Gorges of the Yangtze River

háng zhōu
⓬ 杭州 Hangzhou

xī hú
⓭ 西湖 West Lake

guì lín
⓮ 桂林 Guilin

tái wān
⓯ 台灣 Taiwan

rì yuè tán
⓰ 日月潭 Sun Moon Lake

chéngqiānshàng wàn
⓱ 成千上萬 tens of thousands of

yóu kè
⓲ 遊客 tourist

lǚ yóu
⓳ 旅遊 tour

A 填空

1) 中國有很多 _____、_____。

2) 中國最有名的景點有 _____、_____、西安兵馬俑等等。

3) 每年都有成千上萬的 _____ 到中國旅遊。

B 寫意思

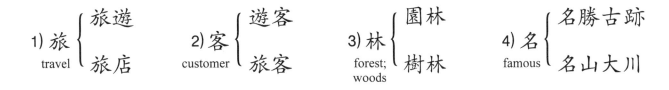

1) 旅 { 旅遊 / 旅店 } travel

2) 客 { 遊客 / 旅客 } customer

3) 林 { 園林 / 樹林 } forest; woods

4) 名 { 名勝古跡 / 名山大川 } famous

C 模仿例子英譯漢

1) 例子：中國最有名的景點是 萬里長城。

The most famous university in China is Beijing University.

2) 例子：每年都有成千上萬的 遊客到中國旅遊。

Many people come to this park to do sports every morning.

D 填字母

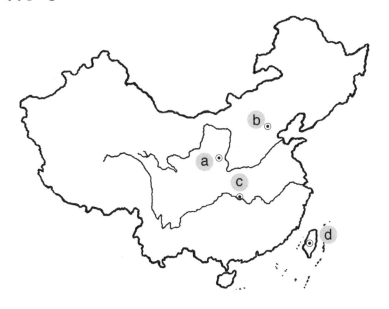

☐ 1) 北京故宮

☐ 2) 西安兵馬俑

☐ 3) 長江三峽

☐ 4) 台灣日月潭

第十一課　我喜歡學漢語

課文 1

1 閱讀理解

課程表

時間　＼　星期	一	二	三	四	五
8:30-9:20	漢語	英語	漢語	化學	漢語
9:20-10:10	化學	數學	歷史	漢語	數學
10:10-10:30	課間休息				
10:30-11:20	數學	地理	數學	英語	歷史
11:20-12:10	體育	漢語	美術	數學	美術
12:10-13:10	午飯時間				
13:10-14:00	英語	電腦	物理	地理	電腦
14:00-14:50	物理	音樂	體育	電腦	班會
15:00-17:00	籃球	足球	油畫	／	游泳

我叫李常。我在一所中文學校上學，今年上初二。這是我的課程表。

回答問題：

1) 李常今年上幾年級？

2) 他今年有幾門課？

3) 他每個星期上多少節課？

4) 他每個星期有幾節漢語課？

5) 他每天都有數學課嗎？

6) 他哪天有音樂課？

7) 他哪天沒有課外活動？

8) 他星期一第二節是什麼課？

9) 他下午幾點開始上課？

10) 他下午幾點放學？

2 配對

□ 1) 他喜歡上戲劇課，　　　　　　a) 因為化學老師教得非常好。

□ 2) 他非常喜歡化學，　　　　　　b) 因為他彈鋼琴彈得不好。

□ 3) 他不太喜歡上數學課，　　　　c) 因為他覺得生物非常有趣。

□ 4) 他很不喜歡上音樂課，　　　　d) 因為戲劇老師很有趣。

□ 5) 他特別喜歡學生物，　　　　　e) 因為物理老師對學生很好。

□ 6) 他挺喜歡學物理的，　　　　　f) 因為他對數學不感興趣。

3 用所給詞語填空

的　　得

1) 他長 ＿＿ 高高 ＿＿。

2) 她 ＿＿ 頭髮比妹妹 ＿＿ 長。

3) 王老師教化學教 ＿＿ 很好。

4) 今年暑假我過 ＿＿ 特別開心。

5) 媽媽 ＿＿ 連衣裙有長 ＿＿，也有短 ＿＿。

6) 我最不喜歡 ＿＿ 科目是歷史。

7) 他 ＿＿ 愛好跟我 ＿＿ 一樣。

8) 他打籃球打 ＿＿ 非常好。

9) 他戴 ＿＿ 帽子是新 ＿＿。

10) 那家飯店做 ＿＿ 小籠包挺好吃 ＿＿。

4 造句

1) 今年　初一：

＿＿＿＿＿＿＿＿＿＿＿＿＿

2) 喜歡　科目：

＿＿＿＿＿＿＿＿＿＿＿＿＿

3) 戲劇　對……感興趣：

＿＿＿＿＿＿＿＿＿＿＿＿＿

4) 覺得　有趣：

＿＿＿＿＿＿＿＿＿＿＿＿＿

5) 從來　國畫：

＿＿＿＿＿＿＿＿＿＿＿＿＿

6) 媽媽　家教：

＿＿＿＿＿＿＿＿＿＿＿＿＿

5 看圖寫句子

①  我喜歡學英語，因為英語老師教得很好。

②  _____

③  _____

④  _____

⑤ _____

你可以用

a) 物理老師教得很好。

b) 我對數學非常感興趣。

c) 我喜歡學這門課。

d) 我特別喜歡上英語課。

e) 我最喜歡的科目是數學。

f) 我不喜歡我的地理老師。

g) 我覺得化學很有趣。

h) 歷史老師對學生很好。

6 用所給詞語填空

對……好　　對……感興趣　　跟……一起　　……跟……一樣　　是……的
一邊……一邊……　　因為……，所以……　　又……又……　　從……到……

1) 放學以後，我常常____朋友____打籃球。

2) 我____歷史特別____。

3) 化學老師____學生很____。

4) 我的新鞋____他的____。

5) ____一月____三月，這裏差不多每天都下雨。

6) 他喜歡____做作業____看電視。

7) 你____從什麼時候開始請漢語家教____？

8) 他長得____瘦____矮。

9) ____我今年有十二門課，____我每天都很忙。

7 寫意思

① { 數：＿＿＿＿＿　樓：＿＿＿＿＿ }

② { 戲：＿＿＿＿＿　找：＿＿＿＿＿ }

③ { 該：＿＿＿＿＿　刻：＿＿＿＿＿ }

④ { 滑：＿＿＿＿＿　體：＿＿＿＿＿ }

⑤ { 藍：＿＿＿＿＿　籃：＿＿＿＿＿ }

⑥ { 趕：＿＿＿＿＿　超：＿＿＿＿＿ }

8 閱讀理解

我叫方星，今年上初三。我在一所法國國際學校上學。我們學校是男校。我今年有十二門課：數學、物理、化學、生物、歷史、地理、英語、漢語、戲劇、電腦、美術和體育。

我特別喜歡數學，因為我覺得數學非常有趣。我還喜歡學物理，因為我很喜歡物理老師。每天放學以後，我都先做數學作業和物理作業，然後做其他作業。

我的文科學得不好，特別是語言。我的英語和漢語都不太好。我的英語老師教得太快了，我不喜歡上英語課。後來媽媽想了一個好主意，她給我請了一個英語家教。現在我的英語好多了。我媽媽會說漢語。每天晚上她都跟我一起做漢語作業。

回答問題：

1) 方星今年上幾年級？

2) 他今年有幾門課？

3) 他喜歡上什麼課？

4) 他為什麼喜歡上物理課？

5) 他每天都有作業嗎？

6) 他的英語和漢語學得怎麼樣？

7) 他媽媽為什麼給他請了一個英語家教？

9 寫短文

參考第 8 題，介紹一下你今年上的課。你要寫：

- 你在什麼樣的學校上學
- 你今年上幾年級
- 你今年有幾門課，有什麼課
- 你喜歡／不喜歡上什麼課，為什麼
- 你有家教嗎，有什麼家教

10 閱讀理解

十二生肖

生肖也叫屬相。十二生肖由十二種動物組成，牠們是鼠、牛、虎、兔、龍、蛇、馬、羊、猴、雞、狗和豬。在公元一世紀，中國人就用十二生肖計算年齡、紀年了。2016 年是猴年，所以這年出生的孩子屬猴。

生詞

❶ 生肖（屬相） shēng xiào（shǔ xiang）

any of the twelve animals, representing the twelve Earthly Branches, used to symbolize the year in which a person is born

❷ 由……組成 yóu……zǔ chéng consist of

❸ 鼠 shǔ mouse **❹ 虎** hǔ tiger

❺ 兔 tù rabbit **❻ 龍** lóng dragon

❼ 蛇 shé snake **❽ 馬** mǎ horse

❾ 羊 yáng sheep **❿ 猴** hóu monkey

⓫ 雞 jī rooster **⓬ 世紀** shì jì century

⓭ 計算 jì suàn calculate **⓮ 年齡** nián líng age

⓯ 紀年 jì nián a way of numbering the years

⓰ 屬 shǔ be born in the year of (one of the twelve animals)

A 填空

1) 生肖也叫 _____。

2) 十二生肖由 _____ 種動物組成，牠們是鼠、_____、_____、

_____、_____、蛇、_____、_____、猴、_____、_____ 和豬。

3) 在公元一世紀，中國人就用十二生肖計算 _____、_____ 了。

4) 2016 年是 _____ 年，所以這年出生的孩子屬 _____。

B 根據實際情況回答問題

1) 你是哪年出生的？你屬什麼？

2) 你的生日是幾月幾號？

3) 你爸爸是哪年出生的？他屬什麼？

4) 你媽媽是哪年出生的？她屬什麼？

5) 今年出生的人屬什麼？

6) 明年出生的人屬什麼？

C 完成句子

1) 我爺爺是 <u>1936</u> 年出生的。他屬鼠。

2) 我奶奶是_____

3) 我外公_____

4) 我外婆_____

5) 我的好朋友_____

11 看圖寫詞

①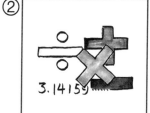

② ③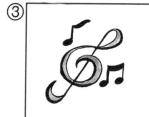

④

⑤

⑥ ⑦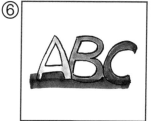

⑧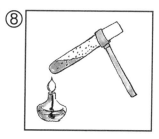

⑨

⑩ ⑪

⑫

⑬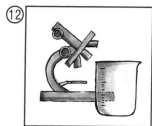

⑭ ⑮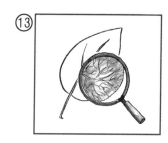

⑯

12 翻譯

1) 他每天都給小狗洗澡。

_____

2) 他昨天給我打了一個電話。

_____

3) 我明天會給她發電郵。

_____

4) 醫生給我開了一點兒藥。

_____

13 配對

□ 1) 我對漢語很感興趣，　　　　　a) 我特別愛學化學。

□ 2) 我喜歡上科學課，　　　　　　b) 我對中國歷史非常感興趣。

□ 3) 我覺得歷史很有趣，　　　　　c) 因為我覺得漢語很有用。

□ 4) 我不喜歡學生物，　　　　　　d) 我的物理老師也教得不好。

□ 5) 我覺得漢字不難寫，　　　　　e) 我覺得生物課沒有意思。

□ 6) 我覺得物理很難，　　　　　　f) 但是很難記。

14 根據實際情況回答問題

1) 你們學校是國際學校嗎？

2) 你們學校是走讀學校還是寄宿學校？

3) 你今年有幾門課？有什麼課？

4) 你最喜歡的科目是什麼？為什麼？

5) 你最不喜歡的科目是什麼？為什麼？

6) 你覺得漢語難學嗎？

7) 你覺得漢字難記嗎？

8) 你覺得漢語有用嗎？

9) 你每天都要做功課嗎？哪門課的功課最多？

10) 你每天做多長時間功課？

15 寫反義詞

1) 冷→＿＿＿ 2) 早→＿＿＿ 3) 左→＿＿＿ 4) 容易→＿＿＿

5) 買→＿＿＿ 6) 高→＿＿＿ 7) 胖→＿＿＿ 8) 便宜→＿＿＿

9) 多→＿＿＿ 10) 大→＿＿＿ 11) 上→＿＿＿ 12) 室外→＿＿＿

13) 出→＿＿＿ 14) 去→＿＿＿ 15) 送→＿＿＿ 16) 後面→＿＿＿

17) 後→＿＿＿ 18) 白→＿＿＿ 19) 長→＿＿＿ 20) 上學→＿＿＿

16 翻譯

① 在這十二門課中，我最喜歡學物理。

② Among my 10 subjects, I find maths the most interesting.

③ 我覺得漢語很有用。

④ I know that physics is difficult to learn.

⑤ 漢語語法不難學。

⑥ Chinese characters are not hard to write.

17 組詞

1) 地＿＿＿ 2) 生＿＿＿ 3) 戲＿＿＿ 4) 家＿＿＿ 5) 寄＿＿＿

6) 容＿＿＿ 7) 從＿＿＿ 8) 食＿＿＿ 9) 國＿＿＿ 10) 便＿＿＿

18 用所給詞語填空

買　教　講　告訴　打　交　請　寫　記　找

1) 小美昨天 ＿＿＿ 了一個笑話。

2) 妹妹今天在學校 ＿＿＿ 了一個新朋友。

3) 上個星期，奶奶給我 ＿＿＿ 了一件漂亮的毛衣。

4) 我昨天晚上給小明 ＿＿＿ 了兩個電話。

5) 媽媽給我 ＿＿＿ 了一個漢語家教。

6) 我弟弟今年五歲，但是他已經會 ＿＿＿ 五十多個漢字了。

7) 我爸爸不在家。你 ＿＿＿ 他有事嗎？

8) 我覺得漢字不難寫，但是很難 ＿＿＿。

9) 我的美術老師 ＿＿＿ 得不好，所以我不喜歡上美術課。

10) 爺爺 ＿＿＿ 我他想去中國參觀遊覽。

19 造句

1) 寄宿　上學：

_____

2) 做　功課：

_____

3) 容易　學：

_____

4) 難　記：

_____

5) 化學　有意思：

_____

6) 覺得　有用：

_____

①

法語雖然不容易學，但是很有趣。

⑤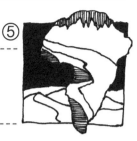

②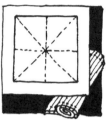

⑥

③

⑦

④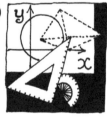

⑧

21 詞語歸類

a) 分數 （fēn shù）

b) 美術史

c) 漢語語法

d) 高等數學 （gāo děng）

e) 英語口語 （kǒu yǔ）

f) 初級漢語 （chū jí）

g) 中國歷史

h) 話劇

i) 兒歌

j) 國畫

k) 舞劇

科目

1) 歷史 _____

2) 數學 _____

3) 英語 _____

4) 漢語 _____

5) 音樂 _____

6) 美術 _____

7) 戲劇 _____

22 填空

1) 一 ___ 學校　2) 一 ___ 襪子　3) 一 ___ 書店　4) 一 ___ 課

5) 一 ___ 老師　6) 一 ___ 卧室　7) 一 ___ 書架　8) 一 ___ 病假條

9) 一 ___ 圍巾　10) 一 ___ 手套　11) 一 ___ 帽子　12) 一 ___ 運動服

13) 一 ___ 襯衫　14) 一 ___ 短褲　15) 一 ___ 小貓　16) 一 ___ 教學樓

23 閱讀理解

鍾天明在一所寄宿學校上學。學校離他家挺遠的，所以他每個月回一次家。

鍾天明今年上初三。他今年有十門課：數學、英語、漢語、物理、化學、生物、體育、歷史、地理和戲劇。

在這十門課中，他生物學得最好。他覺得生物非常有趣，生物老師也教得特別好。雖然數學不太容易，但是他對數學很感興趣，所以他數學學得挺好的。他漢語也學得很好，因為他爸爸媽媽總是跟他說："漢語很有用，你應該學好漢語。"

在這十門課中，他地理學得最不好。他覺得地理沒有意思。他也不喜歡他的地理老師，因為地理老師總是讓他們做很多功課。

回答問題：

1) 鍾天明在什麼樣的學校上學？

2) 他為什麼不常回家？

3) 他今年有幾門課？有什麼課？

4) 他哪門課學得最好？

5) 數學容易學嗎？他數學學得怎麼樣？

6) 他爸爸媽媽為什麼讓他學好漢語？

7) 他為什麼不喜歡上地理課？

24 寫短文

參考第 23 題，介紹一下你的學校和你今年上的課。你要寫：

- 你的學校是走讀學校還是寄宿學校
- 你的學校離你家遠不遠
- 你今年上幾年級
- 你今年有幾門課，有什麼課
- 你哪門課學得最好 / 不好，為什麼
- 你每天用多長時間做功課，哪門課的功課最多

25 閱讀理解

熊貓

大熊貓是一種古老的動物。牠已經在地球上生存了至少八百萬年了，因此被稱為"活化石"。大熊貓十分可愛，是中國的國寶。大熊貓最愛吃竹子。一隻大熊貓每天要吃二十多公斤的竹子。現在中國有一千八百多隻大熊貓。

生詞	
❶	xióng māo 熊 貓 panda
❷	dì qiú 地球 earth
❸	shēng cún 生存 survive
❹	zhì shǎo 至少 at least
❺	yīn cǐ 因此 therefore
❻	huó 活 living
❼	huà shí 化石 fossil
❽	guó bǎo 國寶 national treasure
❾	gōng jīn 公斤 kilogram

A 填空

1) 大熊貓是一種 _____ 的動物，被稱為 "_____" 。

2) 大熊貓已經在地球上生存了至少 _____ 年了。

3) 大熊貓十分 _____，是中國的 _____。

4) 一隻大熊貓每天要吃 _____ 公斤的竹子。

5) 現在中國有 _____ 隻大熊貓。

B 寫意思

1) 熊 { 熊貓 / 黑熊 } bear

2) 球 { 地球 / 星球 } ball

3) 寶 { 文房四寶 / 國寶 } treasure

4) 活 { 活化石 / 活魚 } living

C 模仿例子英譯漢

1) 例子：大熊貓被稱為"活化石"。
The Yangtze River and the Yellow River are both regarded as "Mother Rivers" of China.

2) 例子：一隻大熊貓每天要吃二十多公斤的竹子。
My younger brother eats two eggs every day.

D 看圖寫詞

① 　② 　③ 　④ 　⑤

⑥ 　⑦ 　⑧ 　⑨ 　⑩

第十二課　我的愛好

1 看圖寫句子

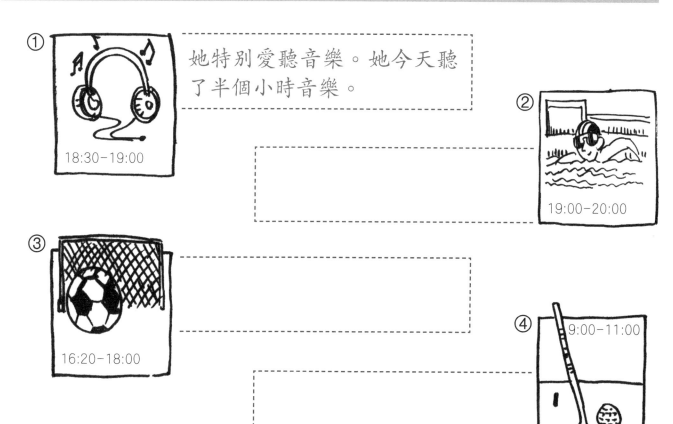

① 她特別愛聽音樂。她今天聽了半個小時音樂。

② 19:00-20:00

③ 16:20-18:00

④ 9:00-11:00

2 寫意思

①
賽：＿＿＿＿
寒：＿＿＿＿

②
期：＿＿＿＿
棋：＿＿＿＿

③
科：＿＿＿＿
和：＿＿＿＿

④
寄：＿＿＿＿
椅：＿＿＿＿

⑤
哥：＿＿＿＿
歌：＿＿＿＿

⑥
組：＿＿＿＿
租：＿＿＿＿

3 完成句子

1) <u>看完電影以後</u>（after the movie），我們會去飯店吃飯。

2) _____（after the piano lesson），我會去打冰球。

3) _____（after dinner），我要帶小狗去散步。

4) _____（after swimming），我要去同學家玩。

4 看圖寫句子

她正在寫漢字。

5 根據實際情況回答問題

1) 你午飯時間一般做什麼？

2) 你今年參加了什麼課外活動？

3) 你常常參加比賽嗎？什麼比賽？

4) 你會下國際象棋嗎？

5) 你覺得哪門課最有意思？

6) 你覺得哪門課最難學？

173

6 翻譯

① 我們學校有各種興趣小組。

② The school canteen sells all kinds of snacks.

③ 他們正在唱歌。

④ They are playing Chinese chess now.

⑤ 上完體育課以後，我要去上戲劇課。

⑥ On Sunday I normally watch TV for a while after getting up.

⑦ 我參加了學校的合唱隊。

⑧ He wants to join the school football team.

7 根據實際情況填表

你今年的課外活動

星期一	踢足球 15:00-16:00
星期二	
星期三	
星期四	
星期五	
星期六	
星期日	

8 造句

1) 一天　五節課：

_____

2) 各種　興趣小組：

_____

3) 今年　十門課：

_____

4) 正在　唱歌：

_____

9 閱讀理解

親愛的天明：

　　你好！

　　你最近忙嗎？功課多嗎？你喜歡在寄宿學校上學嗎？你們學校的課外活動多不多？你這個學期參加了什麼興趣小組？我知道你喜歡拉小提琴。你參加學校的樂隊了嗎？

　　我最近很忙。上初二以後，每門課都有很多功課。我每天晚上都要做三個多小時作業。我這個學期還參加了很多課外活動。我星期一中午去下象棋，星期三中午有合唱隊的活動，星期五下午放學以後去踢足球。明天放學以後我們有足球比賽。

祝好！

高飛

回答問題：

1) 天明在什麼樣的學校上學？

2) 天明有什麼愛好？

3) 高飛是中學生嗎？

4) 高飛的功課多嗎？他每天做多長時間功課？

5) 高飛這個學期參加了什麼課外活動？

6) 高飛下午有沒有課外活動？

7) 明天放學以後，高飛有什麼活動？

假設你是天明，參考第 9 題，給高飛回一封電郵。你要寫：

- 你的學校有什麼興趣小組
- 你這個學期參加了什麼課外活動
- 你什麼時候有課外活動
- 你最近有沒有比賽，有什麼比賽，什麼時候有比賽

11 閱讀理解

儒、道、佛

儒家思想、道教和佛教對中國人的思想觀念有重要的影響。儒家思想的創始人是孔子（公元前 551 年–公元前 479 年）。道教非常推崇老子（大約在公元前 571 年–公元前 471 年）的思想。佛教是漢朝（公元前 206 年–公元 220 年）從印度傳到中國的。

生詞
rú jiā
❶ 儒家 Confucianism
dào jiào
❷ 道教 Taoism
fó jiào
❸ 佛教 Buddhism
sī xiǎng
❹ 思想 thought
guān niàn
❺ 觀念 concept
chuàng shǐ
❻ 創始 originate; initiate
chuàng shǐ rén
創始人 founder
kǒng zǐ
❼ 孔子 Confucius
tuī chóng
❽ 推崇 praise highly
lǎo zǐ
❾ 老子 Laozi, Chinese philosopher
hàn cháo
❿ 漢朝 Han Dynasty (206 B.C.-220)
chuán
⓫ 傳 spread

A 填空

1) _____、_____ 和 _____ 對中國人的思想觀念有重要的影響。

2) 儒家思想的創始人是 _____。

3) 道教非常推崇 _____ 的思想。

4) 佛教是 _____ 從 _____ 傳到中國的。

B 寫意思

1) 創 { 創始 / 創新 }
create

2) 思 { 思想 / 思路 }
think

3) 要 { 重要 / 重大 }
important

4) 教 { 道教 / 佛教 }
religion

C 模仿例子英譯漢

1) 例子：儒家思想、道教和佛教對中國人的思想觀念有重要的影響。

My parents have great influence on me.

2) 例子：儒家思想的創始人是孔子。

The founder of our school is Teacher Wang.

D 翻譯

1) 三人行，必有我師
　　　xíng　bì

2) 溫故知新
　wēn gù zhī xīn

3) 學而不厭
　　ér　yàn

4) 尊敬師長
　zūn jìng　zhǎng

5) 孝順父母
　xiào shùn fù mǔ

6) 勤奮好學
　qín fèn

12 看圖寫詞

13 用所給詞語填空

> 除了……以外，……還…… 　因為……，所以……
>
> 對……感興趣 　……跟……一樣 　又……又……
>
> 雖然……，但是…… 　一邊……一邊…… 　跟……一起

1) 我的新自行車 _____ 哥哥的 _____ 。

2) 我週末常常 _____ 爸爸 _____ 去打高爾夫球。

3) 弟弟從小就 _____ 畫畫兒 _____ 。

4) _____ 彈吉他 _____ ，他 _____ 會拉小提琴。

5) _____ 他很累，_____ 他還不想去休息。

6) _____ 他的英語不好，_____ 他媽媽給他請了一個家教。

7) 妹妹喜歡 _____ 玩兒電腦遊戲 _____ 吃飯。

8) 田阿姨家的小狗 _____ 聰明 _____ 可愛。

14 選擇

a) 就 as early as   b) 就 right away   c) 就 exactly

1) 我今天晚上 ____ 給他發電郵。

2) 我現在 ____ 去睡覺。

3) 他五歲 ____ 開始練武術了。

4) 學校離我家不遠,坐校車一刻鐘 ____ 到了。

5) 餐廳 ____ 在禮堂樓下,非常近。

6) 我去年 ____ 參加了學校樂隊。我在樂隊裏拉小提琴。

7) 超市 ____ 在書店的對面。

8) 合唱比賽馬上 ____ 開始了。

15 用所給詞語及結構寫句子

| 除了 | 拉小提琴　滑冰
騎自行車　讀書
彈吉他　看電視
下棋　唱歌　騎馬 | 以外,
……還 | 喜歡
常常
經常
要 | 打高爾夫球　跑步
彈鋼琴　練武術
玩兒電腦遊戲
參加足球訓練 |

1) _____

2) _____

3) _____

4) _____

5) _____

6) _____

姓名：方容

學校名稱：英明中學

學生人數：一千多個學生

老師人數：八十多位老師

上課時間：八點一刻

放學時間：三點半

年級：初二

今年要上的課：

數學、物理、化學、生物、
英語、漢語、歷史、地理、
美術、音樂、戲劇、體育、
電腦

感興趣的科目：數學、漢語

不感興趣的科目：地理

課外活動（學校）：

打籃球、打排球、彈吉他

興趣愛好（校外）：

彈鋼琴、畫畫兒

補習課：漢語、數學、英語

家教：拉小提琴、畫國畫

姓名：

學校名稱：

學生人數：

老師人數：

上課時間：

放學時間：

年級：

今年要上的課：

感興趣的科目：

不感興趣的科目：

課外活動（學校）：

興趣愛好（校外）：

補習課：

家教：

17 翻譯

① 我每天都花半個小時跟小狗玩。

② She spends one hour practising martial arts every day.

③ 他象棋下得不錯。

④ She sings very well.

⑤ 她五歲就開始學漢語了。

⑥ He started horse riding as early as he was eight years old.

⑦ 我累了，我想睡一會兒覺。

⑧ I am tired. I want to rest for a while.

18 寫意思

① 買：＿＿＿＿＿
　 賣：＿＿＿＿＿

② 擔：＿＿＿＿＿
　 但：＿＿＿＿＿

③ 郵：＿＿＿＿＿
　 油：＿＿＿＿＿

④ 活：＿＿＿＿＿
　 話：＿＿＿＿＿

⑤ 直：＿＿＿＿＿
　 真：＿＿＿＿＿

⑥ 親：＿＿＿＿＿
　 新：＿＿＿＿＿

⑦ 請：＿＿＿＿＿
　 晴：＿＿＿＿＿
　 睛：＿＿＿＿＿

⑧ 咳：＿＿＿＿＿
　 該：＿＿＿＿＿
　 刻：＿＿＿＿＿

⑨ 等：＿＿＿＿＿
　 待：＿＿＿＿＿
　 特：＿＿＿＿＿

A 課外活動（學校）

下棋：我從十歲開始學下象棋。週末我經常和爸爸一起下象棋。今年我參加了象棋興趣小組。

你可以用

a) 我從小就喜歡畫畫兒。我會畫油畫、國畫和水彩畫。

b) 我爸爸網球打得很好。他週末常常帶我去體育館打網球。

c) 我的愛好是聽音樂、唱歌和跳舞，所以我參加了學校的合唱隊。

d) 我對中國武術很感興趣。我六歲就開始練武術了。

e) 我特別喜歡踢足球，所以參加了學校的足球隊。我們星期二和星期四下午三點有足球訓練。

B 興趣愛好（校外）

漢語：我從小學三年級開始學漢語。我覺得漢語非常有用，也非常重要。我每個星期日都去補習學校上漢語課。

20 用所給詞語填空

有時候　　的時候　　什麼時候

1) 你一般 _____ 玩電腦遊戲？

2) 我昨天晚上睡覺 _____ 總是咳嗽。

3) 週末的晚上，弟弟 _____ 在家讀書，_____ 去同學家玩。

21 閱讀理解

親愛的天木：

　　你好！

　　我現在在上海的一所國際學校上學。我挺喜歡我的新學校的。

　　我們學校有各種興趣小組。我今年參加了三個課外活動：武術、高爾夫球和吉他。我從小就對武術感興趣，六歲就開始練武術了。我星期二放學以後有武術訓練。我從八歲開始學打高爾夫球。我現在高爾夫球打得挺好的了。我從去年開始學彈吉他。我喜歡一邊彈吉他一邊唱歌。週末我還有補習課。星期天上午我去補習學校學英語和漢語。星期天下午家教教我畫國畫。

　　你今年參加了什麼課外活動？

祝好！

相武

回答問題：

1) 相武現在住在哪兒？

2) 他在什麼樣的學校上學？

3) 他今年參加了什麼課外活動？

4) 他什麼時候有武術訓練？

5) 他是從什麼時候開始學彈吉他的？

6) 他去補習學校上什麼課？

7) 誰教他畫國畫？

假設你是天木,參考第 21 題,給相武回一封電郵。你要寫:

- 你有什麼興趣愛好
- 你今年參加了什麼課外活動
- 你每個星期花多長時間做這些課外活動
- 你有沒有補習課,有什麼補習課

孔子

孔子是中國歷史上最偉大的思想家、教育家、政治家,以及儒家思想的創始人。孔子一生教過三千個弟子,其中有七十二個弟子很有作為。孔子的思想對後世產生了很大的影響。《論語》反映了孔子的思想,是一部十分重要的作品。

生詞

1. wěi dà 偉大 great
2. sī xiǎng jiā 思想家 thinker
3. jiào yù jiā 教育家 educationist
4. zhèng zhì jiā 政治家 politician
5. yì shēng 一生 all one's life
6. dì zǐ 弟子 follower; disciple
7. zuò wéi 作為 accomplishment
8. hòu shì 後世 later generations
9. lún yǔ 論語 The Analects of Confucius
10. fǎn yìng 反映 reflect
11. bù 部 a measure word (used of books, movies, etc.)
12. zuò pǐn 作品 works (of art and literature)

A 填空

1) 孔子是中國歷史上最偉大的 _____、_____ 和 _____。

2) 孔子是儒家思想的 _____。

3) 孔子一生教過 _____ 個弟子，其中有 _____ 個弟子很有作為。

4) 孔子的 _____ 對後世產生了很大的影響。

5)《_____》反映了孔子的思想，是一部十分重要的作品。

B 寫意思

1) 作 { 作品 / 作家 }　write

2) 生 { 一生 / 人生 }　lifetime

3) 教 { 教育 / 教師 }　teach

4) 家 { 思想家　政治家　語言學家　畫家 / 教育家　科學家　歷史學家　音樂家 }　expert

C 模仿例子英譯漢

1) 例子：孔子一生教過三千個弟子，其中有七十二個弟子很有作為。

I have three brothers, among whom my eldest brother is the tallest.

2) 例子：孔子的思想對後世產生了很大的影響。

The thoughts of Budhism influenced many Chinese people.

第四單元 複習

第十課

課文 1　學院　國際　多　禮堂　教學樓　實驗室　圖書館　體育館
室內游泳池　操場　用　哪些　路上　大約　鐘頭

課文 2　最近　走讀　校園　花草　樹木　到處　美　食堂　賣　中式　西式
便宜　塊　友好　對　好幾

第十一課

課文 1　初二　門　數學　化學　地理　物理　生物　歷史　美術　戲劇
科目　有趣　興趣　其他　從來　家教　請　主意　就

課文 2　寄宿　高一　科學　中　容易　有用　重要　語法　難　漢字　寫
記　功課　有意思

第十二課

課文 1　興趣小組　各種　唱歌　合唱隊　樂隊　武術　象棋　國際象棋　下
正在　隊長　比賽

課文 2　累　騎自行車　騎馬　彈吉他　打高爾夫球　補習　除了　以外　花
讀書　玩兒電腦遊戲　訓練　從小　不錯

句型：

1) 我們學校有一千兩百多個學生。

2) 校園裏到處都是花草樹木。

3) 我們班的同學都對我很好。

4) 我已經交了好幾個朋友了。

5) 我對物理最感興趣。

6) 我從來都沒學過畫油畫。

7) 在這六門課中，我最喜歡化學課。

8) 漢字雖然不難寫，但是很難記。

9) 你看，他們正在下國際象棋。

10) 除了課外活動以外，星期二我還有數學補習。

11) 我足球踢得不錯。

186

問答：

1) 你的新學校叫什麼名字？　　實禮學院。它是一所國際學校，有一千兩百多個學生。

2) 你們學校有什麼設施？　　有禮堂、教學樓、實驗室、圖書館、體育館、室內游泳池、操場、餐廳等等。

3) 你經常用學校的哪些設施？　　我經常去圖書館看書，去游泳池游泳，還常常去餐廳買午飯。

4) 你午飯一般吃什麼？　　我一般吃中餐，有時候也吃西餐。

5) 你每天怎麼上學？路上要用多長時間？　　我坐校車上學，路上大約要用半個鐘頭。

6) 你今年有幾門課？　　我今年有十三門課，有英語、漢語、數學、物理、化學、生物、歷史、地理、美術、戲劇等等。

7) 你最喜歡的科目是什麼？　　我對物理最感興趣。我覺得物理很有趣。

8) 那其他科目呢？　　我不喜歡上美術課，因為我從來都沒學過畫油畫，畫得不好。

9) 你們學校一天上幾節課？　　五節課。

10) 一節課多長時間？　　五十分鐘。

11) 你們午飯時間一般做什麼？　　我們會去做運動，比如打籃球、打排球、打網球等等。我們還會參加興趣小組的活動。

12) 你今年參加了什麼課外活動？　　我喜歡唱歌，所以參加了合唱隊。

13) 週末你有活動嗎？　　沒有。

1 找同類詞語填空

1) 數學 ＿＿＿＿＿ ＿＿＿＿＿ ＿＿＿＿＿ ＿＿＿＿＿ ＿＿＿＿＿ ＿＿＿＿＿

2) 禮堂 ＿＿＿＿＿ ＿＿＿＿＿ ＿＿＿＿＿ ＿＿＿＿＿ ＿＿＿＿＿ ＿＿＿＿＿

3) 騎馬 ＿＿＿＿＿ ＿＿＿＿＿ ＿＿＿＿＿ ＿＿＿＿＿ ＿＿＿＿＿ ＿＿＿＿＿

2 用所給詞語填空

> 美　難　容易　有意思　有用　不錯　累　便宜

1) 爸爸高爾夫球打得 ＿＿＿＿＿。

2) 我們學校的校園不大，可是很 ＿＿＿＿＿。

3) 食堂的三明治只賣五塊，挺 ＿＿＿＿＿ 的。

4) 我從早到晚都很忙，每天都覺得很 ＿＿＿＿＿。

5) 我覺得數學很 ＿＿＿＿＿。

6) 漢字不難寫，但是很 ＿＿＿＿＿ 記。

7) 我覺得地理很有趣，也很 ＿＿＿＿＿ 學。

8) 我最喜歡上歷史課。我覺得中國歷史很 ＿＿＿＿＿。

3 組詞

① 教□ / □□
② □唱
③ □隊
④ □式
⑤ 自□ / □
⑥ □下 / □
⑦ □他
⑧ □友

4 連詞成句

1) 要 / 半個鐘頭 / 路上 / 大約 / 用 / 。→ _____

2) 看書 / 我 / 經常 / 圖書館 / 去 / 。→ _____

3) 是 / 到處 / 校園裏 / 都 / 花草樹木 / 。→ _____

4) 中午十二點 / 放學 / 了 / 就 / 她 / 。→ _____

5) 他 / 蒸魚 / 沒 / 從來都 / 吃過 / 。→ _____

6) 花 / 每天都 / 我 / 讀書 / 一個小時 / 。→ _____

5 根據實際情況回答問題

1) 你的學校是走讀學校還是寄宿學校？

2) 你們學校有什麼設施？你經常用學校的哪些設施？

3) 你們學校一天上幾節課？一節課多長時間？

4) 你今年有幾門課？有什麼課？

5) 你最喜歡的科目是什麼？為什麼？

6) 你最不喜歡的科目是什麼？為什麼？

7) 你覺得漢語語法難學嗎？漢字難記嗎？

8) 你每天怎麼上學？路上要用多長時間？

9) 你午飯時間一般做什麼？

10) 你今年參加了什麼課外活動？

1) There are over one thousand students in my school.

_____

2) I have studied in this boarding school for three months already.

_____

3) I have never liked chemistry lessons.

_____

4) Ask your mum to hire a tutor for you.

_____

5) I think the Chinese characters are interesting and easy to write.

_____

6) Chinese is very useful.

_____

7 用所給詞語組詞並寫出意思

小組　象棋　遊戲　學校　游泳池　飯菜

1) 興趣 _____ : _____

2) 西式 _____ : _____

3) 寄宿 _____ : _____

4) 室內 _____ : _____

5) 電腦 _____ : _____

6) 國際 _____ : _____

8 完成句子

1) 我今年十二歲，_____

2) 在這十門課中，_____

3) 我很喜歡唱歌，_____

9 造句

1) 對……感興趣　物理：

_____

2) 正在　騎馬：

_____

3) 除了　補習：

_____

4) 就　練武術：

_____

九月十五日星期五　　　　　　　晴

　　因為爸爸要到廣州工作，所以我們家上個月搬到了廣州。我在廣州的新學校就在我家附近。我每天都騎自行車上學。

　　我的新學校是一所國際學校。學校的校園又大又漂亮。校園裏到處都是花草樹木。

　　我今年上初三，有九門課。我對物理最感興趣。除了物理以外，我還喜歡學生物。我的生物老師教得特別好。我們每天都有功課。放學以後，我一般會花一個小時做功課。

　　我們學校有各種課外活動。我這個學期參加了排球隊和武術隊。

回答問題：

1) 他是什麼時候搬到廣州的？

2) 新學校離他家遠嗎？

3) 新學校的校園什麼樣？

4) 他今年有幾門課？

5) 他喜歡上什麼課？

6) 他一般會花多長時間做功課？

7) 他這個學期有什麼課外活動？

11 寫短文

假設你最近轉學校了。給你的朋友寫一封信。你要寫：

• 你的新學校是一所什麼樣的學校

• 你的新學校有哪些設施

• 你今年有幾門課，有什麼課

• 你今年參加了什麼課外活動

詞彙表

生詞	拼音	意思	課號
A			
啊	a	a particle	8
B			
巴士	bā shì	bus	7
白天	bái tiān	daytime	4
百貨商店	bǎi huò shāng diàn	department store	7
班	bān	class	8
搬	bān	move	1
搬家	bān jiā	move (house)	1
包	bāo	bag	2
包子	bāo zi	steamed stuffed bun	3
報	bào	report	4
報名	bào míng	sign up	9
北京大學	běi jīng dà xué	Beijing University	9
本	běn	book	2
比	bǐ	than	8
比	bǐ	compare	12
比如	bǐ rú	for example; such as	3
比薩餅	bǐ sà bǐng	pizza	3
比賽	bǐ sài	match	12
壁	bì	wall	7
便	biàn	convenient	7
邊	bian	a suffix	1
別	bié	difference	8
餅	bǐng	round flat cake	3
病	bìng	sickness; ill	5
病假	bìng jià	sick leave	5
病假條	bìng jià tiáo	sick-leave slip	5
不錯	bú cuò	not bad; pretty good	12
補	bǔ	make up for	12
補習	bǔ xí	extra tuition; lessons after school	12
部	bù	a measure word	9
C			
彩	cǎi	colour	8
菜	cài	dish	3
參觀	cān guān	visit	9
餐	cān	eat	1
餐	cān	meal; food	3
餐廳	cān tīng	dining room	1
餐桌	cān zhuō	dining table	1
操	cāo	exercise	10
操場	cāo chǎng	sports ground	10
草	cǎo	grass	10
廁	cè	toilet	7
廁所	cè suǒ	toilet	7
層	céng	floor	1
差不多	chà bu duō	almost	6
常	cháng	ordinary	6
常常	cháng cháng	often	3
場	chǎng	a public place	7
唱	chàng	sing	12
唱歌	chàng gē	sing	12
超	chāo	super	7
超市	chāo shì	supermarket	7
吵	chǎo	noisy	6
炒	chǎo	stir-fry	3
炒菜	chǎo cài	stir-fried dish	3
炒飯	chǎo fàn	fried rice	3
炒麵	chǎo miàn	fried noodles	3
車庫	chē kù	garage	1
成	chéng	become	8
池	chí	pool	1
寵	chǒng	spoil	6
寵物	chǒng wù	pet	6
初	chū	at the beginning of	11
初二	chū èr	2nd year in a junior secondary school	11
除	chú	besides	12
除了	chú le	besides	12
廚	chú	kitchen	1
廚房	chú fáng	kitchen	1
處	chù	place	10
牀頭櫃	chuáng tóu guì	bedside cabinet	2
春	chūn	spring	4
春天	chūn tiān	spring	4

生詞	拼音	意思	課號
聰	cōng	clever	6
聰明	cōng míng	clever	6
從來	cóng lái	always	11
從小	cóng xiǎo	from childhood	12
錯	cuò	bad; poor	12

生詞	拼音	意思	課號
		D	
打	dǎ	send	9
打電話	dǎ diàn huà	make a phone call	9
打高爾夫球	dǎ gāo ěr fū qiú	play golf	12
打排球	dǎ pái qiú	play volleyball	8
打乒乓球	dǎ pīng pāng qiú	play table tennis	8
打算	dǎ suàn	plan	9
打羽毛球	dǎ yǔ máo qiú	play badminton	8
大約	dà yuē	approximately	10
待	dāi	stay	9
帶	dài	take	5
戴	dài	wear (accessories)	9
擔	dān	take on	8
擔心	dān xīn	feel anxious	8
蛋	dàn	egg	3
到處	dào chù	everywhere	10
道	dào	reason	9
得	děi	have to	9
低	dī	low	4
地	dì	place	7
地	dì	the earth	11
地方	dì fang	place	7
地理	dì lǐ	geography	11
地上	dì shang	on the ground	2
地鐵站	dì tiě zhàn	subway station	7
第	dì	a prefix	8
第一	dì yī	first	8
點	diǎn	decimal point	5
電腦	diàn nǎo	computer	2
電腦遊戲	diàn nǎo yóu xì	computer games	12
電影	diàn yǐng	movie	7
電影院	diàn yǐng yuàn	cinema	7
電郵	diàn yóu	E-mail	9
頂	dǐng	a measure word	2

生詞	拼音	意思	課號
東	dōng	east	6
東西	dōng xi	stuff	6
冬	dōng	winter	4
冬天	dōng tiān	winter	4
讀	dú	attend (school)	10
讀	dú	read	12
讀書	dú shū	read	12
肚	dù	belly; stomach	5
肚子	dù zi	belly; stomach	5
度	dù	degree	4
度	dù	spend (time)	9
度假	dù jià	spend one's vacation	9
隊	duì	team	12
隊長	duì zhǎng	captain	12
對	duì	face	2
對	duì	to	10
對面	duì miàn	opposite	2
多	duō	more; over	10
多雲	duō yún	cloudy	4

生詞	拼音	意思	課號
		E	
耳機	ěr jī	earphone	2

生詞	拼音	意思	課號
		F	
發	fā	break out	5
發	fā	send out	7
發電郵	fā diàn yóu	send an E-mail	9
發件人	fā jiàn rén	sender	7
發燒	fā shāo	have a fever	5
法	fǎ	law	11
飯	fàn	cooked rice	3
飯菜	fàn cài	meal	3
方	fāng	place	7
方便	fāng biàn	convenient	7
房	fáng	room; house	1
房間	fáng jiān	room	1
房子	fáng zi	house	1
非	fēi	not	6
非常	fēi cháng	extremely	6
分鐘	fēn zhōng	minute	7
風	fēng	wind	4

生詞	拼音	意思	課號
服裝	fú zhuāng	clothes	7
服裝店	fú zhuāng diàn	clothes store	7
附	fù	nearby	7
附近	fù jìn	nearby	7
副	fù	pair; a measure word	2

G

生詞	拼音	意思	課號
該	gāi	should	9
趕	gǎn	hurry	9
趕快	gǎn kuài	hurry up	9
感	gǎn	feel	5
感冒	gǎn mào	catch cold	5
高	gāo	advanced	11
高爾夫球	gāo ěr fū qiú	golf	12
高興	gāo xìng	happy	2
高一	gāo yī	1st year in a senior secondary school	11
告	gào	tell	9
告訴	gào su	tell	9
歌	gē	song	12
隔	gé	separate	7
隔壁	gé bì	next door	7
個子	gè zi	height	8
各	gè	various	12
各種	gè zhǒng	various types of	12
給	gěi	for	5
給	gěi	to	9
跟	gēn	as	8
公園	gōng yuán	park	7
功	gōng	skill	11
功課	gōng kè	homework	11
共	gòng	altogether	1
狗	gǒu	dog	3
颳	guā	blow (of wind)	4
颳風	guā fēng	wind blows	4
觀	guān	look at	9
館	guǎn	a place for cultural activities	10
櫃	guì	cabinet	2
櫃子	guì zi	cabinet	2
貴	guì	expensive	7
國	guó	national	8

生詞	拼音	意思	課號
國畫	guó huà	traditional Chinese painting	8
國際	guó jì	international	10
國際象棋	guó jì xiàng qí	chess	12
果汁	guǒ zhī	juice	3
過	guò	spend (time)	9
過	guo	a particle	6

H

生詞	拼音	意思	課號
還是	hái shi	or	3
寒	hán	cold	9
寒假	hán jià	winter holiday	9
寒冷	hán lěng	cold	9
漢字	hàn zì	Chinese character	11
好吃	hǎo chī	delicious	3
好幾	hǎo jǐ	quite a few	10
好看	hǎo kàn	good-looking	7
好動	hào dòng	active	6
合	hé	together	12
合唱	hé chàng	chorus	12
合唱隊	hé chàng duì	choir	12
盒	hé	box	3
盒飯	hé fàn	box meal	3
後面	hòu miàn	behind	1
後天	hòu tiān	the day after tomorrow	4
護	hù	protect; guard	5
護士	hù shi	nurse	5
花	huā	flower	1
花	huā	spend	12
花草	huā cǎo	flowers and plants	10
花園	huā yuán	garden	1
滑冰場	huá bīng chǎng	skating rink	7
滑雪	huá xuě	ski	8
化	huà	chemistry	11
化學	huà xué	chemistry	11
灰	huī	grey	6
灰白色	huī bái sè	greyish white	6
回	huí	reply	9
回電郵	huí diàn yóu	reply to an E-mail	9
回來	huí lái	return	9
活潑	huó pō	lively	6

生詞	拼音	意思	課號
或者	huò zhě	either; or	3
貨	huò	product	7

J

生詞	拼音	意思	課號
雞	jī	chicken	3
雞蛋	jī dàn	egg	3
吉他	jí tā	guitar	12
急	jí	urgent	9
急事	jí shì	urgent matter	9
幾	jǐ	several	10
己	jǐ	oneself	2
記	jì	remember	11
際	jì	between	10
季	jì	season	4
季節	jì jié	season	4
寄	jì	deposit	11
寄宿	jì sù	boarding	11
加拿大	jiā ná dà	Canada	8
家教	jiā jiào	private tutor	11
架	jià	shelf	2
假	jià	leave of absence	5
假	jià	holiday	9
假期	jià qī	holiday	9
間	jiān	room; a measure word	1
間	jiān	during	4
間	jiān	between	7
件	jiàn	piece; a measure word	2
件	jiàn	document	7
講	jiǎng	say; tell	8
講笑話	jiǎng xiào hua	crack a joke	8
交	jiāo	befriend	8
交朋友	jiāo péng you	make friends	8
叫	jiào	ask	5
教	jiào	teach	10
教學	jiào xué	teaching	10
教學樓	jiào xué lóu	classroom building	10
覺	jué	feel	5
覺得	jué de	feel; think	5
節	jié	section	4
節	jié	a measure word	8

生詞	拼音	意思	課號
巾	jīn	piece of cloth	2
近	jìn	near	7
經	jīng	pass through	8
就	jiù	exactly; as early as	7
就	jiù	right away	11
劇	jù	drama	11
卷	juǎn	curl	8
卷髮	juǎn fà	curly hair	8

K

生詞	拼音	意思	課號
開	kāi	open	2
開	kāi	write out	5
開心	kāi xīn	be delighted	2
開學	kāi xué	school starts	8
看	kàn	treat	5
看病	kàn bìng	see a doctor	5
科	kē	subject of study	11
科目	kē mù	school subject	11
科學	kē xué	science	11
咳	ké	cough	5
咳嗽	ké sou	cough	5
可	kě	be worth (doing)	6
可	kě	but	7
可愛	kě ài	cute	6
可樂	kě lè	coke	3
可能	kě néng	possible	4
可是	kě shì	but; however	7
客	kè	guest	1
客房	kè fáng	guest room	1
客廳	kè tīng	living room	1
課	kè	course; subject	2
課本	kè běn	textbook	2
庫	kù	warehouse	1
塊	kuài	a measure word	10
快	kuài	fast	3
快	kuài	hurry (up)	9
快餐	kuài cān	fast-food	3
框	kuàng	frame	2

L

生詞	拼音	意思	課號
拉	lā	empty the bowels	5

生詞	拼音	意思	課號
拉	lā	play	8
拉肚子	lā dù zi	have loose bowels	5
拉小提琴	lā xiǎo tí qín	play the violin	8
籃	lán	basket	7
籃球	lán qiú	basketball	7
籃球場	lán qiú chǎng	basketball court	7
覽	lǎn	see; view	9
雷	léi	thunder	4
雷雨	léi yǔ	thunderstorm	4
累	lèi	tired	12
冷	lěng	cold	4
離	lí	away (from)	7
禮	lǐ	ceremony	10
禮堂	lǐ táng	assembly hall	10
裏	lǐ	inside	1
裏面	lǐ miàn	inside	1
理	lǐ	logic	11
歷	lì	experience	11
歷史	lì shǐ	history	11
倆	liǎ	two	9
練	liàn	practise	12
量	liáng	measure	5
亮	liàng	bright	8
零度	líng dù	zero degree	4
籠	lóng	steamer	3
樓	lóu	floor; building	1
樓房	lóu fáng	building	1
樓上	lóu shàng	upstairs	2
樓下	lóu xià	downstairs	2
路	lù	route	7
路上	lù shang	on the way	10
亂	luàn	messy	2

生詞	拼音	意思	課號
M			
馬	mǎ	horse	12
馬上	mǎ shàng	at once	5
買	mǎi	buy	7
賣	mài	sell	10
貓	māo	cat	6
毛	máo	hair; fur	6

生詞	拼音	意思	課號
毛	máo	feather	8
冒	mào	emit	5
帽	mào	hat	2
帽子	mào zi	hat	2
沒問題	méi wèn tí	no problem	9
美	měi	beautiful	10
美術	měi shù	fine arts	11
門	mén	a measure word	11
米	mǐ	rice	3
米飯	mǐ fàn	cooked rice	3
麵	miàn	a suffix	1
麵	miàn	wheat flour; noodles	3
麵包	miàn bāo	bread	3
麵條	miàn tiáo	noodles	3
明	míng	bright	6
明年	míng nián	next year	4
木	mù	tree	10
目	mù	item	11
N			
哪些	nǎ xiē	which, what or who (plural)	10
那	nà	then	4
那邊	nà bian	over there	5
那裏	nà li	there	3
那麼	nà me	then	4
那兒	nàr	there	7
奶	nǎi	milk	3
難	nán	difficult	11
腦	nǎo	brain	2
內	nèi	inner	10
牛奶	niú nǎi	milk	3
牛肉	niú ròu	beef	3
P			
排	pái	ribs	3
排球	pái qiú	volleyball	8
旁	páng	side	2
旁邊	páng biān	side; beside	2
皮	pí	leather	2
皮鞋	pí xié	leather shoes	2
便宜	pián yi	cheap	10

生詞	拼音	意思	課號
漂亮	piào liang	beautiful	8
乒乓	pīng pāng	table tennis	8
乒乓球	pīng pāng qiú	table tennis	8

	Q		
其	qí	it; they	11
其他	qí tā	other; else	11
騎	qí	ride	12
騎自行車	qí zì xíng chē	ride a bicycle	12
騎馬	qí mǎ	ride a horse	12
棋	qí	chess	12
氣	qì	weather; air	4
氣溫	qì wēn	air temperature	4
前面	qián miàn	in front	1
親	qīn	close	9
親愛	qīn ài	dear	9
晴	qíng	fine	4
晴天	qíng tiān	fine day	4
請	qǐng	hire	11
秋	qiū	autumn	4
秋天	qiū tiān	autumn	4
去年	qù nián	last year	4
趣	qù	interest	11

	R		
讓	ràng	let; allow	5
熱	rè	hot	3
熱狗	rè gǒu	hotdog	3
熱心	rè xīn	warm-hearted; enthusiastic	8
容	róng	allow	11
容易	róng yì	easy	11
肉	ròu	meat	3
如	rú	if	6
如果	rú guǒ	if	6

	S		
賽	sài	match	12
三明治	sān míng zhì	sandwich	3
散	sàn	let out	6
散步	sàn bù	take a walk	6
嗓	sǎng	throat	5

生詞	拼音	意思	課號
嗓子	sǎng zi	throat	5
沙發	shā fā	sofa	1
商場	shāng chǎng	shopping mall	7
商店	shāng diàn	shop; store	7
上面	shàng miàn	on top of; above	2
燒	shāo	have a fever	5
設	shè	set up	7
設施	shè shī	facilities	7
身	shēn	body	6
身上	shēn shang	on one's body	6
生	shēng	come about	5
生	shēng	be alive	11
生病	shēng bìng	be ill	5
生物	shēng wù	biology	11
施	shī	carry out	7
時	shí	hour	5
時間	shí jiān	time	6
實	shí	reality	10
實驗	shí yàn	experiment	10
實驗室	shí yàn shì	laboratory	10
食	shí	eat	10
食堂	shí táng	canteen	10
史	shǐ	history	11
士	shì	person trained in a specific job	5
市	shì	market	7
市	shì	city	7
市中心	shì zhōng xīn	city centre	7
式	shì	style	10
事	shì	matter	9
是	shì	exist	2
室內	shì nèi	indoor	10
室內游泳池	shì nèi yóu yǒng chí	indoor swimming pool	10
收	shōu	receive	7
收件人	shōu jiàn rén	recipient	7
手套	shǒu tào	glove	2
書包	shū bāo	schoolbag	2
書店	shū diàn	bookstore	7
書房	shū fáng	study room	1
書櫃	shū guì	book cabinet	2
書架	shū jià	bookshelf	2

生詞	拼音	意思	課號
書桌	shū zhuō	desk	2
舒	shū	relax	5
舒服	shū fu	be well	5
暑	shǔ	heat	9
暑假	shǔ jià	summer holiday	9
術	shù	art	11
樹	shù	tree	10
樹木	shù mù	trees	10
數	shù	number	11
數學	shù xué	maths	11
雙	shuāng	pair; a measure word	2
水彩	shuǐ cǎi	watercolour	8
水彩畫	shuǐ cǎi huà	watercolour painting	8
思	sī	thought	11
嗽	sòu	cough	5
訴	sù	tell	9
宿	sù	stay overnight	11
酸	suān	sour	3
酸奶	suān nǎi	yoghurt	3
算	suàn	plan	9
雖然	suī rán	although	5
雖然……，但是……	suī rán..., dàn shì...	although	5
所	suǒ	used as a name of an institution or organization	6
所	suǒ	place	7
所以	suǒ yǐ	so	6

生詞	拼音	意思	課號
題	tí	topic	7
體	tǐ	body	5
體溫	tǐ wēn	(body) temperature	5
體育	tǐ yù	physical education	10
體育館	tǐ yù guǎn	gymnasium	10
天	tiān	season; weather	4
天氣	tiān qì	weather	4
天氣預報	tiān qì yù bào	weather forecast	4
天天	tiān tiān	every day	9
條	tiáo	a measure word	2
條	tiáo	long narrow piece	3
條	tiáo	slip	5
廳	tīng	hall	1
聽説	tīng shuō	hear (of)	1
挺	tǐng	quite	2
同班	tóng bān	classmate; be in the same class	8
同歲	tóng suì	of the same age	8
痛	tòng	ache; pain	5
頭痛	tóu tòng	headache	5
圖	tú	picture	10
圖書	tú shū	book	10
圖書館	tú shū guǎn	library	10

W

生詞	拼音	意思	課號
襪	wà	socks	2
襪子	wà zi	socks	2
外面	wài miàn	outside	1
完	wán	finish	8
玩	wán	play	6
玩兒電腦遊戲	wánr diàn nǎo yóu xì	play computer games	12
網球場	wǎng qiú chǎng	tennis court	7
圍	wéi	enclose	2
圍巾	wéi jīn	scarf	2
尾	wěi	tail	6
尾巴	wěi ba	tail	6
為	wèi	for	6
為什麼	wèi shén me	why	2
位	wèi	a measure word	9
餵	wèi	feed	6

T

生詞	拼音	意思	課號
他	tā	other	11
牠	tā	it (non-human, animal)	6
牠們	tā men	they; them (non-human, animal)	6
颱風	tái fēng	typhoon	4
彈吉他	tán jí tā	play the guitar	12
湯	tāng	soup	3
堂	táng	hall	10
套	tào	set; a measure word; cover	2
特	tè	special	8
特別	tè bié	special	8
疼	téng	ache; pain	5
提	tí	carry; lift	8

生詞	拼音	意思	課號
溫	wēn	temperature	4
問題	wèn tí	problem	9
臥	wò	lie	1
臥室	wò shì	bedroom	1
武	wǔ	martial arts	12
武術	wǔ shù	martial arts; kung fu	12
物	wù	creature	6
物	wù	thing	11
物理	wù lǐ	physics	11
霧	wù	fog	4

生詞	拼音	意思	課號
小時候	xiǎo shí hou	in one's childhood	6
小說	xiǎo shuō	novel	2
小提琴	xiǎo tí qín	violin	8
小雪	xiǎo xuě	light snow	4
小雨	xiǎo yǔ	drizzle	4
小組	xiǎo zǔ	group	12
校園	xiào yuán	campus	10
笑	xiào	laugh at	8
笑話	xiào hua	joke	8
些	xiē	a few; some; a measure word	10
鞋	xié	shoe	2
鞋櫃	xié guì	shoe cabinet	2
鞋子	xié zi	shoe	2
寫	xiě	write	11
心	xīn	heart; mind	2
心	xīn	centre	7
新	xīn	new	1
行	xíng	go	12
興	xìng	excitement	2
興	xìng	passion for something	11
興趣	xìng qù	interest	11
興趣小組	xìng qù xiǎo zǔ	clubs at school	12
休	xiū	rest	5
休息	xiū xi	rest	5
學	xué	branch of study	11
學	xué	knowledge	11
學年	xué nián	academic or school year	8
學院	xué yuàn	college; academy	10
雪	xuě	snow	4
訓	xùn	train; drill	12
訓練	xùn liàn	train; drill	12

X

生詞	拼音	意思	課號
西	xī	Western	3
西	xī	west	6
西安	xī ān	Xi'an	4
西餐	xī cān	Western food	3
西式	xī shì	Western style	10
息	xī	rest	5
習	xí	study; learn	12
洗	xǐ	wash	1
洗手間	xǐ shǒu jiān	toilet	1
洗澡	xǐ zǎo	bathe	6
戲	xì	drama	11
戲	xì	game	12
戲劇	xì jù	drama	11
下	xià	fall	4
下	xià	play (chess)	12
下面	xià miàn	under; below	2
下雪	xià xuě	snow	4
下雨	xià yǔ	rain	4
夏	xià	summer	4
夏天	xià tiān	summer	4
相	xiāng	each other	8
相同	xiāng tóng	same	8
相	xiàng	appearance	2
相框	xiàng kuàng	photo frame	2
象	xiàng	one of the pieces in Chinese chess	12
象棋	xiàng qí	(Chinese) chess	12
小籠包	xiǎo lóng bāo	small steamed meat dumplings	3
小時	xiǎo shí	hour	5

Y

生詞	拼音	意思	課號
驗	yàn	test	10
洋	yáng	foreign	1
洋房	yáng fáng	Western-style house	1
養	yǎng	raise	6
藥	yào	medicine	5
要	yào	should; need	5
要	yào	will	9

生詞	拼音	意思	課號
要	yào	important	11
夜	yè	night	4
夜間	yè jiān	at night	4
樂隊	yuè duì	band; orchestra	12
衣櫃	yī guì	wardrobe	2
一共	yí gòng	altogether	1
一下	yí xià	show a short and a quick action	5
一樣	yí yàng	same	8
宜	yí	suitable	10
已	yǐ	already	8
已經	yǐ jīng	already	8
以上	yǐ shàng	above	4
以外	yǐ wài	other than	12
以下	yǐ xià	below	4
椅	yǐ	chair	1
椅子	yǐ zi	chair	1
易	yì	easy	11
意	yì	idea	11
意	yì	meaning	11
意思	yì si	meaning	11
因	yīn	because of	6
因為	yīn wèi	because	6
因為……，所以……	yīn wèi..., suǒ yǐ...	because	6
陰	yīn	overcast	4
陰天	yīn tiān	overcast day	4
應	yīng	should	9
應該	yīng gāi	should	9
影	yǐng	movie	7
用	yòng	use	10
用	yòng	usage	11
郵	yóu	mail	9
油	yóu	oil	8
油畫	yóu huà	oil painting	8
遊	yóu	travel	9
遊覽	yóu lǎn	tour	9
遊戲	yóu xì	game	12
游泳池	yóu yǒng chí	swimming pool	1
友好	yǒu hǎo	friendly	10
有	yǒu	there be	1

生詞	拼音	意思	課號
有點兒	yǒu diǎnr	somewhat	6
有趣	yǒu qù	interesting	11
有意思	yǒu yì si	interesting	11
有用	yǒu yòng	useful	11
又	yòu	(both) ... and...	6
又……又……	yòu... yòu...	both... and...	6
右	yòu	right	1
右邊	yòu bian	right side	1
魚	yú	fish	3
羽	yǔ	feather	8
羽毛	yǔ máo	feather	8
羽毛球	yǔ máo qiú	badminton	8
雨	yǔ	rain	4
語法	yǔ fǎ	grammar	11
育	yù	educate	10
浴	yù	bath	1
浴室	yù shì	bathroom	1
預	yù	in advance	4
預報	yù bào	forecast	4
園	yuán	garden	1
遠	yuǎn	far	7
約	yuē	approximately	10
雲	yún	cloud	4
運動服	yùn dòng fú	sportswear	2
運動鞋	yùn dòng xié	sneakers	2

Z

生詞	拼音	意思	課號
雜	zá	various	2
雜誌	zá zhì	magazine	2
澡	zǎo	bath	6
怎麼樣	zěn me yàng	how	4
站	zhàn	stop; station	7
張	zhāng	a measure word	5
長	zhǎng	leader	12
找	zhǎo	look for; find	9
真	zhēn	true; really	8
診	zhěn	examine (a patient)	6
診所	zhěn suǒ	clinic	6
陣	zhèn	a period of time	4
陣雨	zhèn yǔ	shower	4

生詞	拼音	意思	課號
蒸	zhēng	steam	3
正	zhèng	be doing	12
正在	zhèng zài	be doing	12
之	zhī	of	4
之間	zhī jiān	between	4
隻	zhī	a measure word	6
汁	zhī	juice	3
知	zhī	know	9
知道	zhī dào	know	9
直	zhí	straight	8
只	zhǐ	only	6
誌	zhì	records	2
中	zhōng	Chinese	3
中	zhōng	among	11
中餐	zhōng cān	Chinese food	3
中間	zhōng jiān	between	7
中式	zhōng shì	Chinese style	10
中心	zhōng xīn	centre	7
鐘	zhōng	time (in hours and minutes)	7
鐘頭	zhōng tóu	hour	10
種	zhǒng	type	12
重	zhòng	important	11
重要	zhòng yào	important	11
粥	zhōu	porridge; congee	3
豬	zhū	pig	3
豬排	zhū pái	pork chop	3
豬肉	zhū ròu	pork	3
主意	zhú yi	idea	11
主	zhǔ	main	7
主題	zhǔ tí	subject	7
轉	zhuǎn	turn	4
裝	zhuāng	clothes	7
幢	zhuàng	a measure word	1
桌	zhuō	table; desk	1
桌子	zhuō zi	table; desk	2
自	zì	self; oneself	2
自己	zì jǐ	oneself	2
自行車	zì xíng chē	bicycle	12
字	zì	character; word	11
總	zǒng	always	3

生詞	拼音	意思	課號
總是	zǒng shì	always	3
走讀	zǒu dú	attend a day school	10
足球場	zú qiú chǎng	football pitch	7
組	zǔ	group	12
最	zuì	most	3
最後	zuì hòu	in the end	5
最近	zuì jìn	recently	10
左	zuǒ	left	1
左邊	zuǒ bian	left side	1
左右	zuǒ yòu	around	4
做	zuò	make	3
做飯	zuò fàn	cook	3

相關教學資源 Related Teaching Resources

歡迎瀏覽網址或掃描二維碼瞭解《輕鬆學漢語》《輕鬆學漢語（少兒版)》電子課本。

For more details about e-textbook of *Chinese Made Easy, Chinese Made Easy for Kids*, please visit the website or scan the QR code below.
http://www.jpchinese.org/ebook